KB018607

사연 많은
귀여운 환자들을
돌보고 있습니다

초판 1쇄 발행 | 2020년 9월 7일
초판 4쇄 발행 | 2025년 1월 1일

지은이 김야옹
발행인 한명선

주소 서울시 종로구 평창길 329(우편번호 03003)
문의전화 02-394-1037(편집) 02-394-1047(마케팅)
팩스 02-394-1029
전자우편 saeum2go@hanmail.net
블로그 blog.naver.com/saeumpub
페이스북 facebook.com/saeumbooks
인스타그램 instagram.com/saeumbooks

발행처 (주)새움출판사
출판등록 1998년 8월 28일(제10-1633호)

ⓒ 김야옹, 2020
ISBN 979-11-90473-32-3 03810

사연 많은
귀여운 환자들을
돌보고 있습니다

수의사가 되고 싶은 수의사의 동물병원 이야기

김야옹 에세이

이동장을 열면 이렇게 행복하게 뒹굴거리는
고양이가 있기도 하고,

종이 상자를 열면 눈 못 뜨고 죽어가는
어린 길고양이가 있기도 하다.

어느 날, 한 동물병원에서 전화가 걸려왔다. 멀리 떨어진 병원이었는데 내게 튼튼이라는 고양이에 대해 물었다.

'튼튼이?'

전혀 기억이 나지 않았다.

전화를 건 선생님은 튼튼이가 그 동네로 입양을 온 후 기본 검진을 위해 병원에 왔는데, 너무 사나워 이동장에서 꺼낼 수 없어 검진을 못했다고 했다. 전에 다녔던 병원이 우리 병원이었다는 얘기를 듣고, 혹시 특이사항이 있는지 물어보았다. 우선 기록을 찾아보겠다고 하고 전화를 끊었다.

아무리 생각해도 기억나지 않는 고양이였다. '이동장에서 꺼내지 못할 정도로 사나운 아이라면 기억에 오래 남을 텐데, 누구지?' 하는 마음으로 기록을 찾아보고는 깜짝 놀랐다.

'세상에나! 내가 이 아이를 잊고 있었다니… 어떻게 이럴 수가 있을까?'

튼튼이의 기록을 다시 확인하고 전화 주었던 병원에 그 아이의 히스토리를 알려주었다. 전화를 끊고 튼튼이를 잊었던 것에 미안했고, 그 아이가 사나워져서 꺼내지 못할 정도로 힘이 세졌다는 것에 놀라고 감사했다.

'힘이 세지고… 드디어 입양을 갔구나!'

튼튼이의 기억을 되살리고 보니 연이어 많은 동물들, 수의사가 되기까지의 일들, 수의사가 된 이후 에피소드들이 떠올랐다. 그중에는 벌써 세상을 떠난 아이들도 있었고, 기억해야 하는데 거의 잊고 지내는 이야기들도 있었다.

아무래도 더 늦기 전에 사라져가는 기억들을 정리해서 기록으로 남겨야겠다는 마음이 들었다.

이 책에는 내가 수의사 생활을 하면서 만났던 동물들과 동물병원을 운영하면서 느낀 점, 늦은 나이에 수의대에 입학하고 졸업할 때까지 있었던 일들을 담았다.

재미와 감동을 더하고 개인 정보를 보호하기 위해

1% 정도 허구적 요소를 가미하였고,
2% 정도 기억의 왜곡이 있을 수 있지만,
97% 정도는 실제 있었던, 사실에 기반한 글임을 밝힌다.

보잘것없는 작은 동물병원이나마 운영하는 수의사가 될 수 있도록 도와주신 김수, 노원복, 장기분, 김진경 님, 동물들을 보살피고 함께 치료해주신 양윤경, 조혜민, 유슬기, 박세윤 님에게 감사드린다. 수의대 입시를 준비하는 학생 여러분, 길고양이를 돌봐주시는 분들, 반려동물과 함께인 분들, 수의사님들, 생명을 살리기 위해 노력하시는 모든 분들께 이 책을 바친다.

2020년 9월
김야옹

차례

사연 많은
귀여운 환자들을
돌보고 있습니다

손이라도
잡아주세요

"여러분도 항문에 이 손가락을 넣을 날이 꼭 오기를 바랍니다. 손가락을 꼭 넣어야 합니다."

나는 또 울먹이고 있었다.

학생들에게 수업을 하는 날이었다. 몇 년 전부터 한 달에 한 번씩 수의대 편입시험을 준비하는 학생들을 대상으로 수의학 개론 수업을 한다. 서울 변두리에서 작은 동물병원을 겨우겨우 운영하고 있는 내가 대학 졸업생들을 대상으로 수업을 진행할 학문적 소양이 있을 리 만무하다. 이름은 거창하고 있어 보이게 '수업'이지만 사실은 그동안 만났던 동물들에 대한 얘기나, 수의대에 들어가는 과정에서 겪은 일들을 포함한 이런저런 에피소드들을 전달하는 자리라고 보면 된다.

그날도 진도는 나가지 않고 쓸데없는 얘기를 하면서 수업 시간을 허비하고 있었다. 수업 내용이 산으로 강으로 맥락 없이 왔다 갔다 하다 보니, 꾸벅꾸벅 조는 학생들이 많았다. 분위기가 어수선한 통에 수업을 진행하는 나 자신도 슬슬 졸음이 밀려오고 있었다. 막 하품이 나오려는 찰나에 한 학생이 손을 번쩍 들었다.

"선생님, 수의사로서 가장 보람을 느낀 순간은 언제였나요?"

수의학에 관한 질문이 아니라 잠깐 안도감을 느꼈지만, 곧바로 막막함이 밀려왔다.

'보람을 느낀 순간이라… 어떤 순간이었을까?'

'내게도 그런 순간이라고 말할 수 있는 순간이 있었나?'

'이거 대답 못 하면 부끄러운 건데……'

잠시 마른침을 삼키며 머뭇거리던 나는 드디어 어떤 고양이에 대한 기억을 떠올렸다.

'그래, 미루! 미루가 있었지!'

♥

미루는 어떤 카페에 얹혀 살던 어린 고양이였다. 카페 주인이 완전히 입양한 것은 아니었고, 그냥 카페에서 지내게만 해주는 거였다. 어느 날 우리 병원 손님이 카페 주인이 일을 그만두게 되어 미루가 더 있을 수 없게 되었다며 내게 말했다.

"미루가 아직 어려서 큰일이에요."

"그래요? 말씀 들어보니까 손님(크림이 보호자)께서 미루도 예뻐

하시고 처지도 너무 딱하다고 그러시는데, 그럼 둘째로 들이시는
건 어떠세요?"

"아, 저요? 지금 한 마리 키우는 것도 너무 벅차요. 우리 크림이
랑 잘 지낼지도 모르고 경제적인 문제도 크고요."

그렇다. 세상에는 안타깝지만 어떻게 할 수 없는 불쌍한 동물
들이 너무나 많다. 얘기를 전한 크림이 보호자도 미루에 대한 측은
지심은 가지고 있었지만 어떻게 해줄 수 없는 상황이라서 그 안타
까움을 내게 와 털어놓고 있는 것이다.

"에구, 저도 어쩌지 못하면서 크림이 보호자님께 짐을 지우려
고 했었네요. 괜한 얘기로 부담민 드렸어요. 어떻게 됐는지 나중에
얘기나 또 해주세요."

♥

며칠 후 크림이 보호자가 또 병원에 왔다. 미루에 대해 할 얘기
가 있다고 했다. 혹시 미루를 입양하시려는 건가? 하는 기대를 하
며 크림이 보호자와 진료실에 마주 앉았다.

"혹시 미루, 입양처가 정해졌나요?"

"아니요, 원장님."

슬픈 표정으로 크림이 보호자가 말을 이었다.

"아무래도 미루는 죽을 것 같아요."

갑작스러운 이야기에 깜짝 놀라 물었다.

"아니, 왜요? 갈 곳이 없다 뿐이지 어디 아픈 데가 있다는 얘기는 없으셨잖아요."

미루가 곧 죽을 것 같다는 사연은 이랬다. 밖에 나갔던 미루가 다쳐서 돌아왔다. 잘 걷지 못하는 미루를 카페 주인이 인근에서 제일 큰 동물병원에 데려갔는데, 골반이 으스러진 거라고 했단다. 그곳보다 더 큰 병원에서 수술을 해야 하는 상황이었다. 그러나 상태가 워낙 나빠서 큰 병원에서도 치료하기 어려울지도 모른다고 했단다. 더구나 이미 너무 많은 비용이 들어서 더 이상의 치료를 포기한 상태였다. 며칠이 지나 미루는 간신히 걸어 다니기는 하지만 대변을 못 보는 상태까지 이르렀다.

"대변을 못 보니까, 음식도 못 먹고 시름시름 죽어가고 있더라고요."

"큰일이네요. 제 생각엔 뼈가 부러지면서 골반이 좁아진 것 같은데, 혹시 약은 먹여보셨대요? 단단한 변이 아니고 무른 변이라면 좁은 골반도 통과할 수 있을 텐데."

"그렇지 않아도 처음 갔던 병원에서 약이라도 먹여보라고 주셨다는데, 그래도 변을 못 본다네요."

부러진 뼈가 장을 눌러 변이 내려가는 것을 막고 있는 것 같았다. 뼈가 부러졌다면 당연히 수술을 받아야겠지만 미루는 비슷한 처지에 있는 수많은 다른 동물들처럼 그 당연한 처치를 받지 못하고 있었다. 약이라도 효과가 있었으면 좋으련만. 무른 변조차 통과할 수 없을 정도로 골반이 심하게 으스러진 것 같았다.

"아, 갈 곳도 없다더니, 이제 살길마저 막혔네요."

이 말을 끝으로 크림이 보호자는 진료실을 나갔다.

어떻게든 뭔가 해줄 것이 없을지 끙끙거리며 이런저런 생각을 해보았지만 나 역시 딱히 해줄 수 있는 것이 없었다.

'그래, 할 수 없는 거야. 내가 뭐라고.'

미루에 대한 생각을 그만하자고 마음먹었는데 도무지 미루가 머릿속에서 떠나질 않았다. 죽기 전에 데려다가 얼굴이라도 한번 봐주자라는 마음이 들었다.

'그래, 내 실력이 모자라서 치료는 못해주더라도 손이라도 한번 잡아주는 거야.'

크림이 보호자에게 전화를 했다.

다음 날 미루를 만날 수 있었다. 삼 개월 정도 된 미루는 침울한 표정에 기운이 없어 보였다. 하지만 삐쩍 마른 몸으로 비틀거리며 걷기도 하고 크림이 보호자에게 몸을 부비기도 했다. 엑스레이를 찍어보았다. 크림이 보호자가 얘기한 대로 골반이 여러 군데 골절되어 있었고, 골절된 뼈가 골반 안으로 밀려 들어가 변이 지나갈 공간이 없었다. 골절 부위 앞으로 변이 쌓여 있었다.

진료실에 미루를 가운데 두고 크림이 보호자와 마주 앉았다.

"말씀대로 변이 꽉 찼네요. 이대로는 살 수 없습니다. 정말 안타깝네요. 집이 없더라도, 길에서라도 살아만 있을 수 있다면 좋겠는데……. 그건 그렇고, 교통사고라면 이 정도만 골절되지는 않았을 텐데, 왜 이렇게 되었을까요? 누구에게 발로 차였을 가능성도 있어 보이네요."

마지막으로 미루를 안아주고 손을 잡아주었다. '힘내'라고 말해주고 싶었지만 차마 그럴 수가 없었다. 수의대에 다니던 시절, 상처 입고 버려진 강아지 '밤톨이'와 실험용 동물들의 귀에 이어폰을 끼워주고 〈거위의 꿈〉을 들려주던 생각이 났다. 희망이 없는 절망적인 상황이었다. 화가 치밀어 올랐다.

'똥만 싸면 되는데… 그걸 못해서 죽다니……'

어색한 침묵의 끝에 입을 열었다.

"마지막으로 항문에서 얼마 정도 위치에서 막혀 있는지 제가 손가락으로 확인이라도 한번 해봐도 될까요?"

장갑을 끼고 손가락에 윤활제를 바르고 조심스럽게 미루의 항문에 손가락을 넣어보았다. 손가락 한 마디도 들어가지 않은 곳에서 골반이 급격하게 좁아지는 것이 느껴졌다. 손가락은커녕 손톱도 지나가지 못할 정도로 막혀 있었다.

'아, 이렇게 꽉 막혀 있으니 변을 못 보겠지.'

절망에 사로잡혀 손가락을 빼다가 이렇게 조금만 틈이 생기면 살 수 있을 텐데 하고 생각하며 나도 모르게 손가락을 조금 움직였다. 그런데 그 순간, 장을 누르던 뼈에서 미세하게 '틱' 하는 느낌이 들면서 손가락이 좀더 앞으로 전진할 공간이 생긴 것 같았다. 골절된 뼈의 단면이 칼날같이 날카롭기 때문에 내부 장기가 찢어지거나 손상될 수 있어 손가락을 함부로 움직일 순 없었다. 이렇게 손가락을 넣는 것도 원래 하면 안 된다. 하지만 지금은 다른 방법이 없었다. 눈곱만큼의 물똥이 스밀 정도의 공간만 있으면 좋을 텐데……

조심스럽게 손가락을 꼬물거려 개미 눈곱만큼의 공간을 만들고 손가락을 뺐다. 이제 더 할 수 있는 것은 없는 것 같았다.

"제가 항문에 손가락을 한번 넣어보았습니다. 변화가 있을지는 모르겠지만 너무 기대는 하지 마세요."

마지막으로 변을 무르게 하는 약을 조금 더 챙겨 드렸고, 미루에게 "힘내"라고 말해주었다.

다음 날, 크림이 보호자에게 전화가 왔다.

"원장님, 미루가 변을 조금 봤대요."

아주 조금이긴 하지만 미루가 변을 봤다는 기쁜 소식이었다.

계속 지켜봐야겠지만 어쩌면 미루에게 실낱같은 살길이 열리고 있는지도 몰랐다. 이후에도 미루는 계속 변을 본다고 했다. 음식도 먹기 시작하고 활력이 생겨 좋아졌다는 소식이 들려왔다. 약을 계속 먹기는 해야겠지만 변은 보고 있으니, 당분간은 변 못 보는 걱정은 안 해도 될 것 같았다.

얼마 후, 크림이 보호자가 내 감언이설(?)에 속아 미루를 입양하기로 했다. 우선 미루가 갈 곳이 필요했기 때문에 하늘의 별도 따다 줄 것처럼 말도 안 되는 이런저런 약속을 하며 입양을 권유했는데, 결국 입양을 결정한 것이다. (돌이켜보면 그 약속들은 대부분 지키지 못했다. 약속을 지키지 못한 부도덕한 원장이 되었지만 어쨌든 내 감언이설 때문에 미루는 길거리로 나가지 않고 집이 생겼다고 정당화(?)하며 살고 있다.)

♥

어느 날 보호자분이 미루가 중성화 수술을 할 때가 되었다고 데리고 왔다. 오랜만에 미루를 본 나는 깜짝 놀랐다. 겨우 목숨을 유지하고 있을 줄 알았는데, 비쩍 말라 죽어가던 그 모습은 찾아볼 수 없고 몰라볼 정도로 포동포동 살이 오른 미묘가 되어 있었다.

달라진 미루의 모습을 보니, 눈물이 쏟아지기 시작했다. 진료 중이라 눈물을 참아보려고 했지만 흐르는 눈물을 도저히 참을 수 없었다. 고맙고 대견했다.

♥

"그러니까 여러분도 꼭 수의사가 되셔서, 눈칫밥을 먹고 살다가 길로 쫓겨날 상황에 처했던 아기 고양이가 사고가 나서 변을 못 보고 죽어가고 있다는 얘기를 들으면, 수술은 못해주더라도… 해줄 게 없더라도… 데려다가 진짜 해줄 게 없는지 확인하면서 손이라도 한번 잡아주세요. 그리고 항문에 손가락을 꼭 넣어주세요. 기적 같은 일이 일어날 수도 있고, 아무 일도 안 일어날 수도 있겠지만… 생각해보니, 제가 수의사로 보람을 느꼈던 때는 미루의 항문에 손가락을 넣었을 때입니다."

"수의사 생활을 하면서 떠올릴 수 있는 '빛나는 승리의 순간'은 거의 없었던 것 같아요. 가뭄에 콩 나듯 '살려주셔서 감사드려요'라는 인사를 해주시는 경우도 있지만 그 아이들은 제가 수의사가 되었기 때문에 살아난 것은 아닙니다. 다른 동물병원에 갔었어도 살았을 아이니까요. 하지만 미루는 제가 수의사가 되었기 때문에 살아난 아이라고 믿습니다. 그리고 미루가 살아난 건 그 어떤 의학적 지식이 아니라 죽을 게 뻔하더라도, 딱한 처지에 있는 동물의 손이라도 한번 잡아주자는 마음, 항문에 손가락이라도 한번 넣어보자는 마음, 관심 때문이라고 생각합니다."

"여러분 중에, 여러 해에 걸쳐 수의사가 되기 위해 노력하는 분도 계시고, 그러다 보니 자존감은 낮아지고, 이렇게 노력하다 포기하는 것이 내 운명이다라고 생각하는 분도 계시겠지만…….
저도 그랬습니다. 좌절과 절망 속에서 저 같은 것이 어떻게 수의사가 되겠냐고 자책했던 때가 있었습니다. 지금은 공부하시느라 어렵고 암울한 시기이지만 여러분도 이 손가락을 항문에 넣을 날이 꼭 오기를 바랍니다. 손가락을 꼭 넣어야 합니다."

이 말을 하면서 나는 또 울먹이고 있었다.

변을 보지 못해 죽을 뻔했던 미루.

가족의
탄생

봄이 왔다.

벚꽃이 흩날리는 나른한 오후에 중년의 아주머니가 요크셔테리어종 강아지를 데리고 병원에 왔다. 한껏 상기된 표정이었다.

"아는 사람 집에서 키우던 강아진데, 우리 집에서 키우게 됐어요. 아주 똑똑하고 대소변도 잘 가려요. 두세 살 정도라는데, 지금까지 아픈 곳도 없고 아주 건강하대요. 뭐, 건강하다지만 어디 아픈 곳이 없는지 한번 보려고 왔어요."

아주머니의 표정에는 앞으로 강아지를 어떻게 키우겠다는 부푼 기대감이 가득했다.

통통하고 귀엽게 생긴 그 강아지는 만난 지 며칠 안 된 새 주인에게 착 달라붙어서 천진난만한 눈빛으로 날 바라보고 있었다. 아주머니의 말대로라면 아이에겐 별 이상은 없었을 테고, 접종이나 구충 일정을 잡으면 될 것이다. 그런데 진찰을 위해 아이를 받아드는 순간, 손에 전해지는 비정상적인 심장 울림에 적잖이 당황했다. 한 손에 느껴지는 느낌만으로도 그 강아지의 상태가 좋지 않다는 것을 알 수 있었다. 흠칫 놀랐지만 검사를 이어나갔다. 간단한 검진을 마치고 만면에 미소를 띠고 있는 아주머니에게 말했다.

"쫑이는 생각과 다르게 몇 가지 안 좋은 곳이 있습니다."

"어디가 안 좋아요? 그럼 오늘 온 김에 치료해주세요."

"오늘 치료하고 그럴 것은 아니고요. 우선 가슴에 뭔가 만져지는데요. 종양일 가능성이 있습니다. 무릎뼈 탈구도 심합니다. 심장도 안 좋은 상태고요."

"아니, 그런 얘기 못 들었는데요. 왜 이렇게 안 좋죠? 어디 또 안 좋은 곳은 없나요? 그게 다예요? 어쩐지 기침을 좀 해서 병원에 데려온 거였거든요."

"일단 신체검사로 발견되는 것은 그 정도이고, 나중에 다른 검사를 하면 또 발견되는 것이 있을 수 있습니다. 그리고 쫑이의 나이는 두세 살 정도가 아닙니다. 얼굴은 어려 보이지만 몸 상태로 보니 적어도 열 살 정도는 된 것 같습니다."

순간 아주머니의 표정이 일그러졌다.

"아니, 나쁜 사람들이네. 나한테는 아픈 데도 없고, 아주 건강하다 그랬는데. 나이도 어리다 그랬고."

다음번에 온다고 하며 아주머니는 병원을 떠났다.

보통은 아프거나 병든 곳을 발견해서 치료를 하게 되면 보호자도 고마워하고 나도 뿌듯한데, 어떤 경우에는 병이나 질환을 발견한 것이 되려 죄송하고 찜찜한 경우가 있다. 쫑이가 다녀가고 나서 내가 괜한 얘기를 한 것은 아닌지, 그런 얘기를 안 할 수가 있었는지, 어떻게 했어야 했는지 한동안 생각해보았다.

쫑이에게 미안했다. 나 때문에 괜히 구박이나 받으면 어떡하나 하는 걱정도 되었다.

며칠이 지나 그 강아지, 쫑이를 잊고 있었다. 병원에서 같이 일하는 집사람, 김 부장님이 나를 다급하게 부르기 전까지 말이다.

"원장님, 와서 이것 좀 보세요!"

점심식사 후 김 부장님이 나를 숨넘어가는 소리로 불렀다.

뭔가 큰일이라도 났나 하고 뛰어가 김 부장님이 가리키는 대로 컴퓨터 모니터를 보았다. 화면에는 동물구조협회 홈페이지가 띄워져 있었다.

"왜? 무슨 일인데?"

"아니, 이 강아지를 보세요. 여기 공고된!"

리스트에서 한 줄을 클릭하자 최근 입소했다는 강아지 사진이 확대되어서 스크린을 채웠다. 세상에나! 화면에 나온 강아지는 며칠 전에 왔던 쫑이였다. 사진 속 쫑이는 자신의 운명을 아는지 모르는지 여전히 천진난만한 미소를 띠고 있었다.

보호소로 가게 된 쫑이.

'아니, 쟤가 왜 저기에 있는 거지?'

"아이고, 그 사이에 잃어버리셨나 보네. 얼른 보호자께 전화드리세요! 지금 엄청 찾고 계시겠네. 부장님 눈에 띄었으니 망정이지 하마터면 안락사될 뻔했네! 얼른 전화드려요! 얼른!"

김 부장님은 얼마 전에 아는 분이 강아지를 잃어버려서 혹시 그 강아지가 보호소에 들어왔나 찾아보다 유기견으로 공고된 쫑이를 발견했다고 했다.

"알았어요. 보채지 좀 마세요. 지금 전화드릴 거예요."

나의 독촉에 살짝 짜증이 났겠지만 보호자에게 기쁜 소식을 전하는 부장님의 전화 목소리는 높고 경쾌했다.

"예, 안녕하세요. 여기 동물병원인데요. 혹시 쫑이 잃어버리지 않으셨어요? 저희가 유기견으로 동물구조협회에 공고된 쫑이를 우연히 발견했어요."

'아니에요. 고맙긴요.' 들뜬 목소리로 이런 대답을 할 줄 알았는데, 의외로 부장님의 표정이 어두웠다. 침묵이 잠시 흐르고 부장님의 얼굴이 허옇게 질렸다.

"네?… 혹시, 거기서는 며칠 후에 안락사되는데… 그거 아세요?… 네, 알겠습니다."

전화를 끊은 부장님의 표정이 심상치 않았다. 한동안 목이 메는 듯 아무 말도 못 하던 김 부장님이 이윽고 말을 이었다.

"쫑이요. 보호자님이 구청에 데려다주신 거래요."

"뭐, 뭐라고?"

"개천가에서 주운 집 없는 개라고 하시면서 구청에 데려다주 셨대요."

"왜? 왜 그러셨대?"

"나이도 많고, 여기저기 병도 많은 강아지라서 그냥 거기 버리 셨대요. 며칠 있다가 안락사되는 것도 알고 계시더라고요."

믿을 수 없었다. 잠시 후 죄책감이 밀려오기 시작했다. '아, 나 때문이었어. 그때 내가 진찰을 하지만 않았어도 그 아이가 버려지 지는 않았을 텐데… 아니, 그냥 그분이 바라는 대로 그냥 젊고 건 강한 아이라고 말해드렸어야 했는데……'

다 부질없는 생각이었다. 나는 이미 그 아이를 진찰했고, 그 순 간이 다시 온다고 하더라도 수의사로서 있는 질병을 있다고 할 수 밖에 없을 것이다. 너무 속상하고 화가 났다. 부장님과 병원 직원들 모두 큰 충격에 빠졌다.

이제 그 아이는 공고 기간 열흘이 지나면 안락사될 것이다. 나 때문이라고 생각했다. 내가 좀더 슬기로웠으면 그런 일이 안 생겼을 텐데 하고.

김 부장님은 김 부장님대로 충격에 빠졌다. 그동안 이런저런 사정으로 버려진 동물들 얘기를 많이 접해봤지만, 막상 우리 병원 에서 진단을 받고 바로 주인에게 버려진 강아지를 우연히 발견하고 나서는 계속 심각한 표정이었다.

당시에는 보호소에 들어가면 대부분 안락사되었기 때문에 차라리 길을 떠돌다 입양된다면 더 좋지 않았을까, 하는 생각에 차라리 길에다 버리지, 하는 말도 안 되는 생각도 해보았다.

이틀이 지났다. 이제 내일이면 공고 기간이 끝나고 기적적인 일이 없는 한 쫑이는 안락사될 것이다.

"이 아이, 우리가 입양해요."

이틀간 동물구조협회 홈페이지에서 쫑이의 사진만 들여다보고 있던 김 부장님의 한마디였다.

"마음이 괴로워서 더 보고만 있을 수가 없네요. 병원에 아이들이 많아서 힘들겠지만 이렇게 보고만 있다 그 아이를 보내면 평생 더 힘들 것 같아요. 그냥 입양해서 우리가 키워요."

병원에 데리고 있는 동물의 수를 늘린다는 것은 부장님에게는 큰 결단이었다. 원장인 나는 동물을 데려다 놓고 치료에 관련된 것만 해주고 나 몰라라 하고, 평소에 돌봐주는 것은 전적으로 김 부장님이 도맡아서 하는 일이었다.

그리고 우리가 맡는다고 해도 병원에 오시는 손님들 중에서 병원에 동물을 데리고 있는 것을 싫어하시는 분들이 의외로 많은 편이라 의식을 안 할 수가 없었다. 하지만, 항상 그래왔듯이… '그래, 이 아이까지만 입양하고, 이제 눈 감고 다니는 거야.' 하는 생각이 들었다.

보호소에 정해진 공고 기간이 끝나면 바로 우리가 쫑이를 입양하겠다고 연락을 했다. 자칫 의사 전달이 잘 안 돼서 입양자가 있어도 허무하게 안락사될 수 있기 때문에 보호소 담당자분, 지자체 담당 공무원분들께 여러 번 확인하고 신신당부를 드렸다.

그렇게 쫑이는 우리 병원으로 와서 새 식구가 되었다. 이름은 '소운이'라고 바꿔 부르기로 했다. 딸을 낳으면 부르려고 지어두었던 이름인데, 나 때문에 죽을 위기에 놓였던 아이였기 때문에 조금 특별한 이름을 붙여주고 싶었다.

처음에는 소운이가 여러 집을 거치고 낯선 보호소 생활까지 하고 온 터라 정신적으로 힘들고 불안정할 것을 걱정했었다. 그런데 소운이는 너무나 태연하고 아무렇지도 않았다. 오히려 마치 오래전부터 우리 식구였던 것처럼 자연스럽게 다른 동물들을 밀어내고, 호령하고, 사람들 품으로 파고들었다.

한동안 소운이는 이런저런 수술과 치료를 받아야 했지만 병원 식구들의 사랑을 받으며 동물들의 대장으로, 우리의 딸로 여유롭고 행복한 노년을 보냈다. 하지만 이미 진행되어 있던 여러 만성질환들 때문에 소운이의 행복한 노년은 그리 길지 못했다. 아직도 김 부장님은 소운이 얘기가 나오면 그 아이의 행복이 길지 못했던 것을 안타까워하고, 자신이 잘 돌봐주지 못해서 그런 것 같다고 미안해한다.

　동물들이 아픈 곳이 있는지 살펴보고 보호자에게 알리는 것은 수의사라면 당연히 해야 할 일이다. 하지만 그 결과로 어떤 동물이 버림받는다는 건, 정말 끔찍한 일이다. 소운이가 우리 곁을 떠난 지 오래되었지만, 내게 가르쳐준 교훈은 아직 내 마음속 깊이 남아 있다.

　'진단은 하되, 측은지심을 담아 조심스럽게.'

　벚꽃 흩날리는 봄이 또 왔다.

누가 누구를
도운 거죠?

"원래 다 그 방법으로 수술하는 거 아니었어요?"

점심식사를 막 끝내고 오후 진료를 시작한 나는, 춘천에서 올라왔다는 한 학생의 천진난만한 얘기를 듣고 깜짝 놀랐다. 방금 먹은 점심이 얹힐 만큼.

"어디서 그 수술법을 들으셨어요?"

"해외 토픽에서 봤어요. 전 동물병원에 가면 다 이런 방법으로 수술할 거라고 생각했어요. 선생님 병원에서도 당연히 그럴 거라고 생각했는데요."

"아, 그런 건… 아니에요. 뭔가… 다 그런 건 아닌데요."

더듬거리며 겨우 대답을 했다.

아, 이게 아닌데… 뭔가 대단히 잘못되었다. 정말 그렇게 믿었다니… 순간 이 학생이 외계인이 아닌가 하는 생각도 들었다.

'뭐야, 눈이 조금 안 좋은데 입양을 못 간다고?'

일요일 오전, 집에서 뒹굴거리면서 수의대 편입시험을 준비하는 학생들의 커뮤니티에 올라온 글을 보고 있었다. 공부에 관한 글은 아니었고, 한 학생이 돌보고 있는 길고양이에 관한 글이었다.

어떤 기특한 학생이(학생이라고 표현하지만 내 수업을 듣는 학생들은 대학교를 졸업하고 다시 수의대에 입학하려고 준비하는, 20대에서 50대까지 다양한 연령대의 분들이다.) 어린 길고양이를 돌보고 있는데, 눈꺼풀 일부에 결함이 있어 입양 보내기 힘들다는 글을 올린 것이다.

'안검결손'은 보통 윗눈꺼풀 바깥쪽 부분이 만들어지지 않은 선천적 질환으로, 흔하지는 않지만 그렇게 드물지도 않은 편이다. 보통은 쐐기 모양으로 결손 부위를 절제하는 수술을 통해 거의 정상적인 눈 모양과 기능을 찾을 수 있다.

그날 아침, 뭔가 기분 좋은 일이 있었고 다른 날보다 유난히 측은지심이 충만했던 나는 '까짓거 내가 수술해주면 길 생활을 벗어나서 입양을 간다는데, 갈 데가 있다는데, 내가 수의산데 말이야! 내가 해주지, 뭐!'라고 혼자 신나서 소리를 지르며 그 학생에게 짧은 메일을 보냈다.

'당장, 병원으로 그 고양이를 데려오세요!'

나른한 봄날 오후, 메일을 받은 학생이 고양이 봄이를 데리고 병원에 왔다. 알고 보니 사는 곳이 춘천이라 고양이도 춘천에서 데리고 오는 길이었다. 수업을 듣는 학생이라고 하지만 그해 수업을 새로 시작한 직후라서 처음 보는 얼굴 같고, 어떤 사람인지도 전혀 모르는 상태였다.

"아, 춘천에서 오셨다고요. 오시느라 고생하셨어요."

"네. 요즘은 ITX가 있어서 금방 와요."

"원래 전공은 뭐 하셨어요?"

"…영어교육 전공했어요."

"그럼 영어 잘하시겠네요!"

"……."

모르는 사이도 아니고 그렇다고 잘 아는 사이라고 할 수도 없어서 그런지 뭔가 대화가 겉돌고 있었다.

"음, 그럼 고양이를 좀 볼까요?"

이동장에서 고양이를 꺼내 살펴보았다. 3개월 정도 된 어린 고양이였고, 눈은 찡그린 상태로 고정되어 있었다.

"내일 제가 수술을 할 예정입니다. 수술은 간단하다고 할 수는 없지만 그렇다고 복잡한 수술은 아닙니다"라고 말하며 봄이의 눈을 들춰보고 있었는데, 뭔가를 발견하고 더 이상 말을 잇지 못했다.

안검결손의 정도가 너무 심했던 것이다.

보통의 안검결손은 정상적인 눈꺼풀이 대부분이고 눈꺼풀의 일부가 결손된 경우인데, 봄이는 정상적인 눈꺼풀이 5% 정도이고, 나머지 95% 정도가 비정상적으로 눈꺼풀이 형성되지 않은 심각한 상태였다.

이런 경우 쐐기 모양으로 결손 부위를 절제해내는 수술을 하고 나면 눈 크기가 바늘구멍 정도가 될 수 있는 상황이었다. 내가 일요일 아침에 휘파람을 불면서 생각했던 것은 이런 게 아니었다.

"아, 이… 이 아이는 제가 생각했던 상태와 너무 다르네요. 전 일반적인 경우를 생각했는데, 얜 눈꺼풀 결손 정도가 너무 심해요. 보통의 쐐기 모양 절제 수술 방법으로는 안 되겠어요."

내가 놀라고 당황해 목소리를 떨며 얘기하는 것에 비해, 마주 앉은 학생은 아무렇지 않은 표정이었다. 오히려 생글생글 웃으며 말했다.

"상태가 심한 건 알고 있었어요."

"아, 그래요? 알고 계셨어요?"

"그래서, 입술을 눈으로 옮기는 수술을 하실 거 아닌가요?"

"네? 무슨 수술이요?"

"입술을 들어내서 눈꺼풀로 옮겨서 사용하는 수술이요."

그 학생은 생글생글 웃으면서 아무렇지 않게 다시 대답했다.

"원래 다 그 방법으로 수술하는 거 아니었어요?"

"어디서 그 수술법을 들으셨어요?"

"해외 토픽에서 봤어요. 전 동물병원에 가면 다 이런 방법으로 수술할 거라고 생각했고, 선생님 병원에서도 당연히 그럴 거라고 생각했는데요."

"아, 그런 건… 아니에요. 뭔가… 다 그런 건 아닌데요."

더듬거리며 겨우 대답을 했다. 정말 그렇게 믿었다니…… 이 학생이 외계인이 아닌가 하는 생각도 들었다. 아까부터 대화가 좀 끊어지고 그랬는데, 어딘가 과부족이 있는 사람일 수도 있다는 생각도 들었다.

'순진하거나 바보거나 둘 중 하나야. 아니면, 뭔가 알고 왔거나……'

그 학생이 얘기한 수술은 'Lip To Lid Transposition'이라는 수술법이었다. 말 그대로 입술을 들어 옮겨서 눈꺼풀처럼 쓰도록 만드는 수술이다. 안검결손이 아주 심할 때 시도하는 수술 방법 중 하나로, 우리나라에서 거의 실시되지 않는 수술법이다.

내 수의학적 수준이 워낙 미천해서 왜 그 수술법이 흔하게 실시되지 않는지는 잘 모르겠다. 아마도 난이도를 떠나 적용될 케이스가 적어서 많이 실시되지 않는 수술법인 것 같다.

해외 토픽에 나온 수술법을 아무렇지도 않게 얘기하며 당연히 이렇게 해주는 것 아니냐고 물어본다면 대부분의 의사나 수의사들은 당황할 것이다. 특히 나처럼 서울 변두리에서 작은 동물병원을 근근이 운영하는 원장으로서는 그런 얘기가, 더군다나 내게 수업을 듣는 '영어교육학'을 전공한 학생의 입에서 나오다니 기절초풍할 상황이었다. 아마도 한 달 전에 그 학생을 만났다면 충격이 더 컸을 것이다. 들어본 적도 없는 수술법이었을 테니까.

하지만 다행스럽게도 나의 얄팍한 수의학적 지식과 어울리지 않게 나는 그 수술법을 알고 있었다. 그 학생을 만나기 한 달 전부터…….

♥

한 달 전, 동동이라는 고양이가 우리 병원에 왔었다. 동동이도 선천적으로 심각한 안검결손이 있는 고양이였다. 양쪽 눈 다 눈꺼풀의 90% 정도가 없는 상태였다. 처음 안검결손 진단을 했을 때, 한쪽 눈은 눈 주위 털과 각결막의 유착이 너무 심한 상태였다. 결국 유착과 손상이 심했던 한쪽 눈은 적출하게 되었고, 남은 한쪽 눈이라도 어떻게든 살려야 하는 상황이었다.

눈꺼풀이 없는 부위가 너무 커서 일반적 수술로는 도저히 눈의 기능을 유지할 수 없었다. 고심하며 이런저런 교과서와 논문을 찾아보다 입술을 눈으로 옮기는 수술법인 'Lip To Lid Transposition'에 관한 논문을 발견하였다. 보호자에게 동동이에게 적합한 수술법이라 소개하고 주변에 그 수술을 하는 분이 있는지 찾아보겠다고 했다.

그런데 동동이에게 PSS라는 다른 선천적 혈관 이상이 있는 것이 발견되어 동동이는 PSS 수술을 위해 큰 병원에서 수술을 받게 되었다. 마침, 그 병원이 안과 진료로도 유명한 병원이었기에 입원한 김에 눈도 함께 수술을 받으라고 말씀드렸고, 수술이 잘되기를 바라고 있었다.

보호자는 동동이가 PSS 수술을 받기로 한 병원에서는 안검결손의 경우 결손 부위가 커도 일반적인 쐐기 모양 절제 방식으로만 수술한다는 말을 듣고 내게 다시 연락을 주었다. PSS 수술이 끝나고 회복이 되면 우리 병원에서 'Lip To Lid Transposition' 수술법으로 수술을 해달라고 부탁했다. 한 번도 해본 적이 없는 수술이고 우리 병원이 그런 수술을 할 수준이 아니라고 말씀드렸지만, 이미 그 수술법을 접한 보호자는 다른 곳에서 그 방법으로 수술을 하는 병원이 없다며 우리 병원에서 수술해주기를 원했다.

결국 동동이가 PSS 수술받는 동안 최선을 다해 공부를 해두겠다고 했고, 그때부터 중증 안검결손의 수술법과 'Lip To Lid Transposition'에 대해 자료를 찾아보고 공부를 시작했다.

그런데 지금 춘천에서 고양이 봄이를 데리고 온 학생이 너무나 태연하게 "원래 다 그 방법으로 수술하는 거 아니었어요?"라고 말하는 것을 듣고 기절초풍할 만큼 놀란 것이다.

'이 학생, 뭐지?'

너무 당황했지만 정신을 추스르고 그 학생에게 설명을 했다. 천만다행으로 내가 그 수술법을 들어보기는 했지만 그야말로 들어보기만 했다는 것을……

아직 그 수술법을 실제로 해봤다는 수의사를 본 적이 없고, 주변 큰 병원에서도 쐐기 모양으로 절제하는 수술법으로 수술한다는 것을 설명해주었다. 그러자 그 학생은 적잖이 실망한 표정이었다.

서울까지 올라왔는데 당연하다고 생각했던 '해외 토픽 수술법'으로 봄이가 수술을 받지 못하게 되었으니 말이다. 그리고 잠시 후 잔뜩 실망한 학생에게 동동이에 대해 말해주었다. 그러자 봄이 보호자도 동동이를 위해 준비하고 있는 수술을 봄이에게 해주기를 바랐다. 그러려고 한 건 아니었는데, 두렵지만 낯선 수술을 연거푸 해내야 하는 상황이 된 것이다.

발등에 불이 떨어졌다. 봄이를 입원시키고 돌아가며 그 학생이 봉투 하나를 내게 주었다. 봉투 안에는 상당한 액수의 돈이 들어 있었다.

"이게 뭔가요?"

"부족하지만 봄이 입원비와 수술비예요."

"아, 그냥 제가 봄이가 새 삶을 사는 데 조금이나마 도움을 주고 싶어서 오시라고 한 거예요. 이 돈은 받을 수 없습니다. 대신 이 봉투만 받을게요. 봉투를 보면서 봄이 보호자님의 마음을 기억하겠습니다. 그리고 언젠가 꼭 수의사가 되셔서 봄이 같은 가여운 고양이들을 도와주세요."

봄이의 수술은 두 번에 나눠서 하기로 했다. 첫 번째 수술은 눈꼬리가 조금 많이 처지더라도 최대한 소극적으로 진행하기로 계획을 세웠다. 첫 수술이 성공적일 경우 두 번째 수술은 조금 더 적극적인 방식으로 진행할 것이다.

수술 전, 미지의 대상에게 짧은 기도를 드렸다.

'제가 좋은 의도로 이 아이를 위해서 수술을 하려고 합니다. 부디 좋은 결과가 있기를 바랍니다.'

봄이는 우리 병원에서 석 달 정도 입원해 있으면서 두 번의 수술을 받았다. 다행히 수술은 잘되었고 봄이는 퇴원해서 춘천으로 돌아갔다. 봄이가 입원한 동안에, 그리고 퇴원 후에도 봄이 보호자는 한 달에 한 번 수업 때마다 만날 수 있었다.

"선생님, 감사합니다. 봄이가 이렇게 잘 지내는 건 다 선생님 덕분이에요."

"제 덕분은 아니고요. 봄이가 이렇게 무사히 수술을 마치고 잘 지내는 건 어찌 보면 동동이 덕분이에요. 동동이 때문에 수술에 관해서 공부하고 준비하게 됐으니까, 동동이가 봄이를 도운 거예요."

"그렇군요. 아, 참! 그리고 봄이는 제가 입양하기로 했습니다. 요즘에는 제가 공부할 때 책상에 올라와서 같이 공부하고 그래요."

정말 기쁜 소식이었다. 봄이 보호자는 수의대에 가면 안과 쪽을 열심히 공부해서 나중에 봄이 같은 고양이들을 돕고 싶다고 했다. 기특한 생각에 봄이를 위해 내가 공부하던 관련 논문을 하나 읽어보라고 건네주었다.

"나중에 수의대에 꼭 가세요. 그리고 졸업 후에 누군가 찾아와 해외 토픽에 나오는 수술법을 얘기하면서 당연히 그 방법으로 수술해주는 것 아니냐고 하는 말을 듣는 경험, 꼬옥 해보시기 바랍니다. 아마, 엄청 황당하실걸요."

그날을 떠올리며 봄이 보호자와 한참을 같이 웃었다. 그 사이 동동이가 PSS 수술을 마치고 우리 병원에 왔다. 동동이는 혈관 수술이 잘되어 몸 컨디션은 좋아졌지만 눈은 수술 시기를 놓쳐 유착이 많이 진행된 상태였다. 하나 남은 눈이 이 지경이라니, 더 이상 시간을 지체할 수 없었다. 서둘러 수술을 마치고 동동이 보호자에게 전화를 했다.

"동동이 보호자님, 오늘 동동이 수술은 잘 끝났습니다. 유착이 심해서 수술하기 어려웠지만, 최선을 다해서 진행했습니다. 원래 상태보다 많이 나빠져 있어서 이 수술을 처음 했다면 동동이의 눈을 잃을 뻔했습니다. 그런데 다행스럽게도, 제가 봄이라는 고양이에

심각한 안검결손으로
눈을 모두 잃을 뻔했던 동동이.

게 이 수술을 두 번 했기에, 무사히 동동이의 수술을 마칠 수 있었습니다. 다 봄이 덕분입니다. 수술 부위가 자리를 잘 잡아야겠지만, 결과를 기다려보겠습니다."

동동이 보호자도 봄이에게 고마워했다. 천만다행으로 동동이의 수술도 결과가 좋았고, 동동이는 남은 눈 하나를 지킬 수 있게 되었다.

♥

매년 1월이면 각 수의대에서 편입학 시험이 진행된다. 예전과 다르게 각 학교별로 정원이 한 명 정도라서, 편입시험을 뚫고 수의대에 입학하는 것은 그야말로 낙타가 바늘구멍을 통과하는 것만큼 어려운 일이다. 책상 메이트 봄이와 함께 공부를 한 봄이 보호자도 한 수의대에 지원했고, 필기시험 후 면접시험을 보게 되었다. 면접관 중 한 교수님께서 다음과 같은 질문을 했다고 한다.

"교재에 나오지 않은 반려동물의 질병을 말해보세요."

잠시 생각을 한 후 봄이 보호자는 "선천성 안과 질환의 하나인 안검결손, Eyelid agenesis에 대해서 말씀드리겠습니다." 이렇게 답변을 시작해 안검결손의 정의, 생기는 이유, 다발하는 종, 생기는 형태, 일반적인 수술법, 마지막으로 봄이의 이야기를 곁들여서 상태가 심할 때의 수술법과 예후에 대해서 설명했단다. 본인의 말로는 무척 운이 좋았다고 했다.

봄이 보호자는 수의대에 합격해 그토록 바라던 수의대생이 되었고, 봄이는 여전히 책상 메이트를 하고 있다고 한다. 또 전해 들은 얘기에 따르면 면접 시험관은 놀랍게도 그 수의대의 '안과' 교수였단다. 선천성 안과 질환에 대한 답변을 청산유수로, 마치 그 질문을 할 것을 알고 준비한 것처럼 대답을 했다니……

수의대생이 된 봄이 보호자가 병원에 찾아왔다.

"선생님께서 도와주셔서 봄이와 함께 수의대에서 공부할 수 있게 되었어요. 정말 감사드려요."

"감사하긴요. 제가 돕긴 누굴 도와요. 다 본인이 열심히 공부해서 합격한 거죠. 그런데 말이에요. 제가 처음에 봄이를 도와주려고 데려오라고 하긴 했는데, 우연히도 동동이 수술을 준비하고 있었던 덕분에 봄이가 수술을 받게 되고, 또 봄이 수술을 했던 경험이 있었기 때문에 동동이가 도움을 받고 눈을 잃지 않게 됐어요. 경은 씨가 수의대 입학하는 데 봄이의 경험이 결정적인 도움을 줬던 것 같은데, 알고 보면 처음에 길에 있던 봄이를 경은 씨가 도와주려고 데려온 거예요."

아… 복잡하다.

"그러니까… 도대체! 누가 누구를 도운 거죠?"

수의대에 합격한 경은 씨의 책상 메이트가 된 봄이.

두렵지만
가야하는
길

고양이 이동장을 끌어안은 보호자의 목소리가 가볍게 떨리고 있었다.

"저, 길에 쓰러져 있던 고양이인데요. 교통사고를 당하거나 어디서 떨어지거나 한 것 같아요."

"교통사고요?"

가슴속에서 심장이 요동치기 시작했다. 하지만 우선 바이탈 체크를 해야 한다. 서둘러 이동장 안을 들여다보았다. 피투성이 고양이 한 마리가 죽은 듯 쓰러져 있었다. 다행히 호흡은 안정적이었다.

"혹시 평소에 아시던 고양이인가요?"

"지나다 한두 번 본 적 있는 고양이예요."

점점 줄어드는 목소리는 흐느낌으로 변해가고 있었다. 교통사고라면 우리 병원 규모에서 진단하거나 처치할 수 없는 상황이 생길 수 있기 때문에 호흡 등을 체크하고 당장 큰 병원으로 가라고 말씀드려야 한다. 하지만 이 보호자의 목소리에서 그럴 수 없음을 느꼈다. 나와 우리 병원이 마지노선이 되어야 하는 상황이 온 것 같았다. 피하고 싶지만 피할 수 없는.

찰나의 순간 머릿속으로 입원 가능한 공간이 있는지, 이번 달 매출은 어느 정도인지, 납부해야 하는 장비의 리스비는 얼마인지, 김 부장님의 기분은 어떠신지, 뭐라고 둘러대야 하는지 등을 가늠해보려고 했지만 그럴 시간적 여유가 없었다. 우선 고양이에 대한 정보를 빨리 수집해야 했다.

"이 아이는 어떻게 발견하신 건가요?"

"제가요, 취준생인데요……"

고개를 떨구고 떨리는 목소리로 이야기를 이어나갔다.

"어제 길 옆에서 죽은 고양이를 봤어요. 그냥 그 고양이가 죽은 줄 알고 지나가는데, 그 고양이가 꿈틀하고 움직이는 거예요."

점점 더 크게 흐느끼며 왜 그 고양이를 데려와야 했는지를 계속 설명했다.

"바로 병원으로 데려가야 하는데, 솔직히 살아 있다는 거 알고, 눈 마주치고 너무 겁나고 피하고 싶었어요. 제가 전에 길에서 다친 고양이를 구조해서 입원시킨 적이 있는데, 병원비가 너무 많이 나왔거든요. 근데 이 고양이는 훨씬 상태도 나빠 보이고 치료하다 죽을 것 같은데, 제가 취준생이라 돈도 없고 어차피 치료해도 살 수 없다는 나쁜 생각이 자꾸 들어서 그냥 지나치기로 마음먹고 마지막으로 돌아보는데… 고양이가 눈을 뜨고… 눈을 마주치면서 눈빛으로… 살고 싶다고, 살려달라고 하는 거예요. 아무것도 해줄 수 없는 걸 알면서도… 고양이를 그냥 두고 올 수 없었어요."

여기까지 이야기하고는 어깨를 들썩이며 펑펑 울기 시작했다. 그 순간 잊혔던 기억들이 떠올랐다. 수의사가 되기 전 묶인 채로 버려진 피부병이 심했던 강아지를 발견했을 때의 당혹스럽던 기억. 수의대에 다니던 시절 학교 동물병원 앞에서 처참한 상태의 강아지를 발견한 후 어쩔 줄 몰라 떨고 서 있던 내 모습이 떠올랐다. 쏟아지는 눈물을 참을 수 없어서 나도 함께 울기 시작했다. 잘한 일이라고, 어려운 일을 한 거라고, 예전에 나도 그런 적이 있다고 하면서……

얘기를 들어보니 어제 다른 병원에 데려갔었는데 비용 때문에 아무 검사도 못하고 수액만 그냥 조금 맞추고 퇴원을 시켜 나왔다고 했다.

"능력이 안 되는데 병원에 데려갔다가 도저히 감당이 안 되는 상황이 될까 두려웠어요. 그러다가 아침에도 아이가 살아 있어서, 살아 있어서… 흑흑."

수의사로서 엄청난 고민과 걱정이 되었다. 어떤 사고를 당했을지, 어떤 병에 걸렸을지, 돈이 얼마나 들지, 살아날 수 있을지… 아무것도 알 수 없었다. 그리고 호의로 최선을 다해보려고 했는데 왜 최상의 처치를 못 받게 잡고 있었냐는 오해와 원망을 들을 수도 있는 상황이었다. 우선은 그 아이를 살려야 하기에 눈물을 닦고 보호자에게 현실적인 질문을 했다.

"정말 죄송한데, 이 아이에게 들일 수 있는 비용이 얼마인가요?"

잔뜩 움츠러든 목소리로 이야기한 그 금액은 취준생에게는 무척 큰 돈이었지만 알 수 없는 원인으로 거의 죽어가는 고양이를 검사하고 입원, 치료시키기에는 많이 부족한 금액이었다. 하지만 아까 보호자와 함께 울던 때 이미 나는 아이를 살리는 데 도움이 되어야겠다는 쪽으로 마음을 굳혔다.

그나마 어느 정도 병원비를 낼 수 있는 상황이라, 그 액수로 김 부장님을 설득해볼 수 있어 다행이라고 생각했다.

"알겠습니다. 제가 이 아이를 위해서 최선을 다할게요. 비용은 얼마가 나오더라도 제가 그 금액만 받겠습니다. 하지만 아이의 상태가 저희 병원이나 제 수준에서 감당할 수 없는 상태일 수 있고, 치료 도중 아이가 사망할 수 있는 점은 감안해주시기 바랍니다."

고백하자면 이런 경우를 겪을 때면 너무 두렵다. 우리 병원은 서울 변두리에 그야말로 판잣집 수준의 병원이다. 보통 교통사고를 당한 환자가 오면 중증 외상 환자이기 때문에 큰 병원에 가서 치료를 받으라고 말씀드리는데, 이 경우에는 그럴 수 없는 상황이다. 교통사고 환자의 상태를 빠짐 없이 진단을 하는 것도 어렵지만, 어떻게 진단이 나오더라도 내가 살려내야 하는 것, 책임져야 하는 것이 두려운 것이다. 사람들은 수의사라면 당연히 환자를 보고, 엑스레이나 혈액검사를 하면 병명이나 상태가 파악되고, 아주 실력이 떨어지는 돌팔이들이나 오진을 하고 환자의 상태를 파악하지 못한다고 생각하지만, 내 실력이 부족해서 그런지, 원인 불명의 외상 환자를 대할 때면 언제나 떨면서 긴장하게 된다.

어떤 이는 이렇게 말했다. 의사는 알고 있는 지식과 알아야 하는 지식 사이에 필연적으로 간극이 있는 존재들이라고. 하지만 나의 경우는 그 간극이 아주 넓어서 내가 다른 수의사만큼 기본을 갖추지 못했다고 생각하는 경우가 꽤 많은 편이다.

이 아이('튼튼이'라 이름 붙였다)를 입원시키고 나만 믿겠다고 말하며 돌아가는 보호자에게 일단 최선을 다해보겠다고 했다. 심호흡을 하고 급하게 환자를 검사할 준비를 하고 있는데, 스마트폰에 내가 예전에 올린 SNS 동영상에 누군가 '좋아요'를 남겼다는 알림이 떴다. 습관적으로 눌러 열어본 글에는 폭풍 속에서 파도를 뚫고 나가는 군함의 동영상이 보였고, 그 위에 내가 이런 글을 적어 놓았었다.

'두려워도 가야 한다.'

튼튼아,
살아줘

튼튼이의 상태는 너무 좋지 않았다. 처음 본 튼튼이는 피투성이가 된 가죽 뭉치 같은 상태였다. 이 아이가 어제 눈을 뜨고 구조자와 눈을 마주쳤다는 것조차 믿기지 않았다.

출혈이 있었으니 교통사고가 났을 수도 있고, 아주 높은 곳에서 떨어지거나 걷어차였을 수도 있다. 아니면 독극물에 중독되거나 전염병일 수도 있다. 두렵고 막막하더라도 해낼 수 있도록 노력해야 했다. 내가 그 아이의 유일한 희망이었는지 절망이었는지는 치료 결과에 따라 달라질 것이다.

'차분하고 침착하게'라고 되뇌면서 처치를 시작했다. 보통의 경우라면 먼저 진단을 하고 진단에 따라 치료를 하겠지만 튼튼이는 거의 죽어가고 있었기 때문에 진단과 처치를 동시에 진행해야 했다. 원인이라도 아는 경우라면 즉각적으로 처치하는 데 도움이 될 수 있겠지만, 당시의 상황은 아무것도 모르는 상태였다. 길고양이를 치료할 때 흔히 있는 상황이다.

미친 듯이 처치와 검사를 진행할 때 머릿속에서 떠오르는 장면이 있다. 〈낭만 닥터 김사부〉 같은 메디컬 드라마의 한 장면인데, 구급차가 병원에 도착하고 119 구급대원이 "TA(교통사고) 환자입니다!"라고 외치며 환자를 인계하면 한 무리의 의료진이 환자에게 달려든다. 그러면 김사부께서 "자, 이 환자, 양 라인 잡고, 웜셀라인 풀 드롭, 하이브리드 룸으로 옮기고 피 많이 필요해요. CT 당장 어레인지하고 수술실 열어야 할 수 있으니까, 마취과 연락하고……"라고 소리친다. 그러면 이 모든 것들이 거의 실시간으로 이루어지는 그런 장면. 드라마를 볼 때마다 부러웠던 그 장면을 떠올리지만 동물병원 중에서도 영세한 우리 병원은 대개의 경우 테크니션 선생님 한 분과 나, 이렇게 두 사람이 그야말로 미친 듯이 움직여야 한다. 드라마에 나오는 호사는 상상도 하지 못하고 "그냥, 더도 덜도 말고 손이라도 하나 더 있었으면 좋겠어"라고 말하면서.

그나마 튼튼이가 다행인 건, 보호자에게 비용 청구에 대해 물어볼 필요가 없는 상황이라 신속하게 내 마음대로(?) 필요한 모든 검사와 처치를 진행할 수 있다는 것이었다. 가끔은 돈을 안 받는 편이 더 편할 수가 있다.

튼튼이는 신체검사상 출혈, 탈수, 저체온, 황달 등이 발견되었다. 전염병 관련 검사는 음성, 혈액검사 거의 모든 항목이 비정상이었고, 심각한 빈혈 상태였다.

그런데 이상하게도 엑스레이 검사상 골절이 발견되지 않았다. '교통사고나 폭행, 낙상 사고라면 골절된 부위가 있을 텐데… 아니란 말인가?' 하는 생각이 들기 시작했다.

초음파 검사에서도 파열된 장기나 복강 내 출혈은 발견되지 않았다. 수혈을 위한 혈액형 검사를 끝으로 병원에서 할 수 있는 모든 검사를 마쳤다. 검사 시작과 동시에 히팅과 탈수 교정 처치는 하고 있었지만 그야말로 증상에 대한 대증 처치였고, 제대로 된 처치를 하려면 튼튼이가 왜 이렇게 되었는지를 알아야 했다.

실력이 좋은 수의사분들은 검사 결과만 봐도 머릿속에 동물의 몸이 3D 그래픽으로 떠오르면서 이상 있는 부위와 병에 관련된 기전이 펼쳐진다는데, 나는 그런 기전은커녕 아무 그림도 그려지지 않았다. 내가 뭘 놓치고 있는 것은 아닌지, 그것 때문에 아이가 잘못되는 것은 아닌지 답답한 시간은 흘러갔다.

수액이 잘 들어가고 있는지 확인하던 중, 나는 튼튼이에게 뭔가 달라진 것을 발견했다. 몸에 묻어 있던 피는 달라진 것이 없는데 입가에 피가 더 흘러나와 있었던 것이다!

머리 부분을 집중적으로 엑스레이를 찍어보았다. 머리 쪽은 대부분 뼈로 이루어져서 명확하게 보이지 않았지만 뭔가 조금 다른 뼈가 보이는 것을 발견했다. 입을 벌려 살펴보는데 입속 깊은 곳에

박혀 있는 뼛조각 하나를 발견했다. 뼛조각이 박힌 곳에서는 계속 피가 흐르고 있었다.

'아, 이 뼈를 못 찾았다니……'

그제야 내 머릿속에도 떠오르는 영상이 있었다.

튼튼이는 먹을 것이 없어서 굶주린 상태였다. 그러다 길에 버려진 뼈를 발견하고 허겁지겁 먹다가 입안에 뼛조각이 박혔고, 입을 제대로 다물거나 움직이지 못하는 상태에서 어떻게든 뼈를 빼려고 몸부림칠 때마다 뼛조각은 입천장을 더 파고들었다. 물도 음식도 먹을 수 없었고(먹을 음식도 없었을 테지만) 그렇게 몸부림치다 입에서 흘러나온 피가 온몸을 적신 상태에서 빈혈로, 탈수로, 황달로, 영양실조로 죽어가다 구조자분의 눈에 띄었고, 마지막 힘을 다해 눈을 뜬 것이다.

입안 깊숙이 박혀 있는 뼛조각을 제거하고 흐르는 피를 멈추는 처치를 해주었다. 아무것도 붙어 있지 않은 뼛조각을 보니 얼마나 배가 고팠으면 이런 뼈라도 허겁지겁 삼키려고 했을까, 하는 측은한 마음이 들었다. 얼마나 아프고, 얼마나 괴로워했을까.

탈수 교정을 하면서 전해질 불균형, 영양 공급, 빈혈에 대한 처치, 간부전에 의한 황달에 대한 처치를 시작했다. 이런 처치들을 너무 천천히 해도 안 되지만 너무 서둘러도 큰 무리가 올 수 있기 때문에 살얼음판을 걷는 심정으로 하나하나 천천히 처치를 진행했다.

탈수가 어느 정도 교정되고 혈당 수치가 회복되었을 때 튼튼이가 눈을 뜨고 내게도 눈을 맞추어주었다.

서서히 죽음의 세계에서 삶의 영역으로 건너온 것이다.

고양이를 치료하면서 얼마나 회복되었는지를 확인하고자 할 때, 매일매일의 혈액검사 결과를 보고 얼마나 회복되었는지 알 수도 있지만 가장 쉽고 명확하게 상태를 파악할 수 있는 방법 중 하나는 털을 고르는 행위 즉, '그루밍을 하느냐'이다.

아프던 고양이가 그루밍을 하기 시작하면 '아, 이 고양이가 이제 살겠구나'라고 생각하고, 사료를 먹기 시작하면 '이제 퇴원을 할 수 있겠구나'라고 생각한다.

입원 후 삼 주 정도 지났을 때 튼튼이는 온몸을 정성스럽게 그루밍하기 시작했고, 한 달이 지났을 때는 오도독 소리를 내며 사료를 먹기 시작했다. 이제 퇴원할 때가 된 것이다.

길고양이를 치료할 때 가장 힘든 일 중 하나는 내가 치료한 환자가 회복된 후에 길로 돌아가야 한다는 점이다.

동물은 자연에서 산다고 하지만 생각해보라. 길에서 다치거나 병들어서 병원에 실려온 아이를 치료 후 다시 길로 돌려보내야 하는 그 마음을. 구조한 사람이나 치료한 수의사, 테크니션 모두의 기분은 몹시 우울하고 비참하다.

튼튼이도 원래는 치료 후 길로 돌려보낼 계획이었는데, 다행히 구조한 분이 데리고 있다가 입양을 보내도록 노력해보겠다고 했다.

튼튼이가 퇴원하는 날, 구조자와 진료실에서 다시 마주 앉았다. 퇴원 후 주의사항에 대해 전하고 잠시 정적이 흘렀다.

"원장님, 감사합니다."

"감사하긴요. 제가 뭘 한 게 있다고. 저는 그냥 제가 하는 일을 한 것인데요. 전 이게 일입니다. 그냥 치료해드린 것도 아니고요. 돈도 받을 만큼 받았습니다."

"아니에요. 원장님 아니였으면 이 아이를 살릴 수 없었을 거예요. 제가 정말 감사하게 생각하는 것은……."

튼튼이 보호자는 끝내 말을 잇지 못하고 울음을 터뜨렸다.

한참을 눈물을 삼키며 겨우 말을 이었다.

"제가 튼튼이를 포기하지 않고 감당할 수 있게 해주셔서 정말 감사드립니다."

이 말을 들으며 나도 마음속으로 울고 있었다.

그날 이후, 튼튼이 보호자가 울먹이며 말했던 "감당할 수 있게 해주셔서…"라는 말이 계속 기억에 남았다. 그 말은 때로는 '제가 감당하실 수 있도록 해드릴게요'라고 어느 보호자 앞에서 마음속으로 말할 때 소환될 때도 있고, 또 때로는 '감당하게도 못해 드려서 죄송합니다'라고 되뇌일 때 쓰기도 한다.

하지만, 이 시대의 수의사라면 "치료해주셔서…"라든가, "살려주셔서…"라는 말보다 훨씬 더 들어야 하는 말이라고 나는 믿고 있다.

자꾸만
마주치는
봉순이

크리스마스가 가까운 12월 어느 날, 퇴근 후 아파트 1층에서 엘리베이터를 기다리고 있었다. 내가 살고 있는 아파트는 거의 반세기 전에 지어진 낡은 아파트라서 엘리베이터의 속도가 유난히 느리다. 그래서 한번 엘리베이터를 놓치면 한참을 기다려야 한다. 사람들 틈에서 엘리베이터를 기다리고 있는데, 길고양이 한 마리가 아파트 현관을 지나서 성큼성큼 다가오더니 갑자기 내 다리에 자신의 몸을 부비기 시작했다.

아니, 이럴 수가! 일면식도 없는 고양이가 갑자기 아파트 현관으로 들어와서 이리도 친밀감을 표시하다니! 놀랍고 반갑고 당황스러운 순간이었다. 살면서 많은 순간 고양이와 마주쳤었지만 이렇게 고양이가 먼저 나를 찾아온 것은 처음이었다. 같이 엘리베이터를 기다리던 사람들도 놀라 나를 쳐다보는데, 그 눈빛들이 '딱 보니까 당신이 주인 맞구면, 뭘 모른 체하고 그래?'라고 말하는 것 같았다.

지레 당황한 나는 "아, 제가 키우는 고양이는 아닌데요. 애가 왜 이럴까요"라고 얼버무리며 사람들의 웅성거림을 뒤로하고 고양이를 안고 아파트 현관 밖으로 나와야 했다.

"애, 넌 누구니? 나를 아는 거니? 배고파?"

몇 가지 질문을 퍼붓고 있는데, 동네 꼬마 아이가 고양이가 무섭다고 울어대는 통에 오래 붙잡고 얘기를 나눌 수가 없었다. 근처 나무 밑으로 데려가서 사료를 조금 놓아주고 잘 지내라는 인사를 하고 집으로 올라갔다. 마음이 좋지 않았다. 나를 좋아하는 것 같았는데······.

다음 날 저녁 무렵에 병원에 온 손님이 "오늘 아침 집에 고양이한 마리가 들어왔었는데, 한참 동안 안 나가서 오후에 내보냈어요"라며 생김새를 말했다. 들어보니 딱 어제 그 고양이였다. 아무래도 그 고양이가 내 주위를 맴도는 것 같았다. '아, 그 고양이 안 잊히겠네.'

사흘 후, 우리 동네에 살면서 평소 강아지를 데리고 오는 보호자가 이번엔 고양이를 데리고 왔다. "이틀 전에 길고양이 한 마리가 집에 들어와서 계속 같이 지냈는데, 어디가 많이 아파 보여요"라며 이동장을 열고 고양이를 꺼냈다. 세상에나, 그 고양이였다! 많이 아파 보였지만 분명했다.

죽을병에 걸려 스스로 보호자를 찾아다닌 길고양이 봉순이.

고양이는 봉순이라는 이름으로 불리고 있었다. 나와 그 고양이 봉순이는 환자와 수의사로 다시 만나게 되었다. 봉순아, 넌 나와 어떤 인연이고, 도대체 어디가 아픈 것이니?

몇 가지 검사를 마치고 봉순이가 왜 아픈지 알게 되었다. 봉순이는 범백혈구감소증이라는 병에 걸린 것이었다. 흔히 '범백'이라고 불리는 이 병은 고양이 파보바이러스가 원인으로 발병하는 바이러스성 장염의 일종이다. 어린 고양이들에게 잘 전염되고 사람에게는 영향을 끼치지 않는다. 치료 여부나 환자의 상태에 따라 치사율이 50~90%에 이르는 무서운 병이다. 잠복기가 지나고 범백혈구감소증의 증상이 본격적으로 나타나기 시작한 봉순이의 상태는 급격하게 나빠지고 있었다. '아, 이 녀석 집이 생겼는데 죽을병에 걸리다니…….' 보호자에게 봉순이의 상태를 이야기해주었다. 생명이 위태로울 수 있는 병에 걸렸다는 것과 또한 치료에 많은 비용이 든다는 말도 함께.

동물의 진료에는 돈이 많이 든다. 보통 이런 경우 아무리 좋은 차를 타고 오고 럭셔리한 브랜드의 옷을 입고 있는 보호자라 할지라도 "내가 이 고양이 주인도 아니고 한 이틀 데리고 있었을 뿐인데 어떻게 그 큰돈을 내겠어요. 그리고 꼭 산다는 보장도 없고요"라는 말을 하게 마련이다. 더구나 내가 아는 봉순이 보호자는 단칸방에 혼자 살면서 하루 벌어 하루를 지내는 분이었다. 그런데,

봉순이 보호자는 "살려야죠. 비용이 많이 들어도 꼭 좀 잘 부탁드립니다"라고 담담하게 말하며 봉순이를 내게 맡기고 갔다.

범백혈구감소증 환자가 입원하면 병원 전체에 비상이 걸린다. 병 자체도 무섭지만 전염력이 강하기 때문에 원내 감염을 막기 위해 검사와 처치를 하며 격리실에 격리 입원하기까지 전쟁 같은 과정을 치러야 한다.

소독과 격리 조치를 한다고 해도 범백혈구감소증 환자가 입원한 당일에는 예방 접종이 완료되지 않은 어린 고양이는 병원에 들어오지도 못하게 할 정도로 전염력이 강한 질병이다.

격리실 입원 후 봉순이의 상태는 급격하게 악화되었다. 범백혈구감소증의 전형적인 증상인 구토, 설사, 무기력 등의 증상을 보이다가 급기야 혈변까지 보기 시작했다. 이제 이 증상들을 막아내지 못하면 결국 봉순이는 탈수, 빈혈, 전해질 불균형, 영양실조로 사망할 것이다. 입원 후 사흘 동안 봉순이는 조금도 좋아지지 않았고, 나는 하루에도 몇 번씩, "밑 빠진 독에 물을 붓는 것 같아"라거나, "내 생명을 깎아서 이 아이를 붙들고 있는 것 같아"라는 말을 중얼거리고 있었다.

모든 병의 치료가 그렇지만 범백혈구감소증 치료는 전쟁을 치르는 것 같다는 생각이 들 때가 많다. 수혈을 하고, 수액 처치, 혈장 처치 등 모든 것을 퍼붓고 있었다. 들리는 얘기로, 보호자는 병원비

마련을 위해 월세 보증금을 뺄 예정이라고 했다. 그런 보호자분의 결단과 정성에도 봉순이는 점점 더 죽음의 길로 접어들고 있었다. 먹지도 마시지도 못하고 그 자리에 쓰러져선 항문으로 피를 쏟아내고 있었다.

입원 나흘째, 모든 징후와 상태들은 더 나빠졌고, 이제 봉순이는 죽음의 문턱에 접어들었다. 모든 수치가 곤두박질치고 있었는데, 딱 하나 백혈구 수치가 올라가기 시작했다.

이 병의 이름이 범백혈구감소증이라고 불리는 것은 병의 특성과 연관이 있다. 병을 일으키는 바이러스가 장이나 골수에 있는 세포에 침범해서 기능을 마비시키기 때문에 장의 세포가 파괴되어 설사나 혈변의 증상을 보이고, 골수에서는 면역을 담당하는 백혈구를 만들 수 없게 된다. 그래서 혈액검사를 해보면 모든 백혈구 수치가 거의 0에 가깝게 감소하기 때문에 범백혈구감소증이라고 부른다. 그런데 혈액검사에서 백혈구 수치가 올라간다는 것은 골수가 바이러스의 억압에서 풀려났다는 것, 뭔가 좋은 쪽으로 변화가 일어나기 시작했다는 것을 의미한다.

하지만 좋은 쪽으로 변화가 일어났다는 것이 곧 병의 회복을 의미하지는 않는다. 좋은 쪽으로의 변화가 현재 병의 증상을 압도할 때, 그때까지 살아남아 있어야 비로소 병에서 회복될 수 있다.

바다 한가운데에서 배가 침몰하면서 거의 수면 아래로 가라앉고 있는데, 저 멀리서 구조 헬기가 다가오고 있는 장면이 떠올랐다. 그나마 다행인 것은 봉순이가 어느 정도 체구가 있는 청소년 고양이었다는 점과, 본격적인 병의 증상이 나타나기 전에 동네 주민들이 먹을 것을 주며 잘 돌봐주어서 병과 싸울 기본 체력이 축적되어 있었다는 점이다.

백혈구 수치가 올라가면서 희망적인 변화들이 하나둘 보이기 시작했다. 구토가 멈추고, 항문으로 하염없이 흘러나오던 출혈성 설사도 멈췄다. 쓰러져만 있던 상태에서 몸을 일으키기 시작했다. 일단 좋아지는 쪽으로 균형이 기울자 봉순이의 상태는 급속도로 좋아지기 시작했다. 먹을 것에 관심을 보였고, 그러다 스스로 유동식을 먹기 시작했다. 코에 장착했던 영양 공급 튜브를 뽑아주었다.

봉순이가 회복되어 갈수록 병원비는 쌓여갔다. 범백혈구감소증을 치료하는 병원비는 병원마다 다르고 같은 병원이라도 어느 정도의 적극성을 가지고 치료하느냐에 따라 몇십만 원에서 몇백만 원까지 천차만별이다. 그런데 봉순이처럼 격리실에 입원해서 적극적으로 치료하는 경우에는 후자에 속한다.

하루 일해서 그날 먹고 사는 보호자에게 내가 사정을 감안해 병원비를 할인해드린다고 해도 큰 부담이 아닐 수 없었다. 보호자의 상황을 잘 알고 있기 때문에 다른 방법이 없을까 고민하다 내가 회원으로 있는 동물보호단체인 동물자유연대에 치료비 지원이 가능한지 물어보았다. 다행히도 동물자유연대에서 봉순이 병원비의 일부를 지원해주기로 했다. 하지만 여전히 보호자가 감당하기엔 버거운 액수의 병원비가 남아 있었다.

크리스마스가 지나고 봉순이는 많이 회복되어 집에서 잘 돌봐준다면 퇴원이 가능한 정도가 되었다. 보호자에게 퇴원 가능할 정도로 좋아졌다고 전화를 했다. 감당하기 어려운 액수의 병원비도 함께. 그간의 일들이 주마등같이 눈앞을 스쳐 지나갔다.
'아무튼 이 아이가 살았구나!'

봉순이가 퇴원하는 날, 병원 손님인 요다 보호자 내외가 병원을 방문했다. 요다 보호자 부부는 병원 근처에서 학원을 운영하고 있는데, 평소에도 어려운 동물을 많이 생각해주는 분들이었다. 두 분이 내게 두툼한 봉투를 건네며 어려운 처지에 있는 동물들을 위해서 써달라고 했다. 봉투 안에는 상당한 액수의 돈과 학원 아이들의 서명과 사진, 동물들에게 전하는 응원글 같은 것이 쓰여진 종이도 같이 들어 있었다.
학원에서 아이들이 뭔가 칭찬받을 일이 있으면 칭찬 도장을 받는데, 그 도장이 모이면 개수에 따라 학용품이나 간식으로 바꿀 수 있는 제도가 있다고 했다. 그런데 이번에는 어려운 처지에 있는 동물들을 돕는 데 칭찬 도장을 기부할 수 있도록 했다고 한다. 여기에 원장 부부가 따로 기부하는 액수도 함께. 분명 학용품이나 간식을 주는 편이 간편하고 돈도 훨씬 덜 들 텐데 말이다.

'이 돈을 봉순이 보호자에게 드리면 되겠구나' 생각하며 아이들의 서명과 동물들을 응원하는 메시지를 읽어보는데, 갑자기 눈물이 흘러내렸다. 너무 기쁘고 감동스러웠다.

그날은 봉순이도 퇴원하고, 우리 병원에서 실습하던 이 선생님의 마지막 출근 날이라 조촐하게 회식을 하기로 했다.

퇴근 후 회식을 하러 가는데 눈이 펑펑 내리고 있었다. 우리는 미끄러지고 넘어지면서 봉순이가 극적으로 회복된 얘기와 어떻게 아이들이 딱 퇴원 날에 맞춰 정성을 모아왔을까 하는 얘기, 또 어떻게 때마침 눈이 이렇게 펑펑 내릴까를 계속 왁자지껄 웃고 떠들어대며 한참을 걸어갔다.

다같이 처음 가보는 삼겹살집에 들어갔다. 온몸에 쌓인 눈을 털고 앉아서 주문을 하려고 주위를 둘러보는데, 삼겹살집 구석에 귀여운 삼색이 고양이 한 마리가 앉아 있는 것이 아닌가! 아름다운 동화의 마지막 장면을 보는 듯 포근하고 행복한 기분이었다.

모두가 행복했던 봉순이의 퇴원날.
삼겹살집에서 만난 삼색이 고양이가 더 반가웠다.

새 이름,
새로운 삶

    봉순이가 퇴원한 후, 가끔 봉순이가 떠오를 때마다 이제는 집 고양이로서 행복하게 뒹굴거리며 살고 있는 모습을 상상했다. 그런데 집사람에게 "동네 꼬마 아이들이 노끈에 고양이를 묶어 데리고 다니는 것을 봤는데, 아무래도 봉순이 같아요"라는 얘기를 들었다. 설마 그럴 리가. 그럴 리가 없어. 잘못 봤겠지 하면서 그 얘기를 부인했다.

    며칠 후, 퇴근길에 그 광경을 직접 보게 되었다. 아이들은 고양이를 데리고 산책을 하겠다고 나온 것 같은데, 정작 고양이는 노끈에 매달려 질질 끌려가는 상황이었다. 고양이를 그렇게 데리고 다니면 안 된다고 얘기해주려고 다가간 순간, 봉순이와 많이 닮았다는 것을 깨달았다. 아니, 닮은 것이 아니라 정말 봉순이었다.

    "애들아, 고양이 그렇게 데리고 다니면 안 된다. 그리고 그 고양이 너희 고양이니?"

"아니요. 저희 동네 아저씨가 키우는 고양이예요. 저희가 빌려서 놀고 있는 거예요."

"아무튼 고양이가 너무 힘들어하니까 데려다주는 게 좋겠다."

집에 돌아와서는 마음이 편치 않았다. 원래 동화의 완결은 '행복하게 잘 살았습니다'로 끝나야 하는 것 아니었나? 아무래도 보호자께서 일을 하러 나가거나 집을 비울 때, 동네 아이들이 봉순이를 데리고 나오는 것 같았다. 아이들이 놀아주는 방식이 봉순이에게 너무 힘들기도 하고, 자칫 그 와중에 봉순이를 놓치기라도 하면, 어느 쪽이든 다칠 수도 있었다. 걱정스러운 마음과 함께 힘들게 살아난 봉순이가 노끈에 질질 끌려 다니는 것을 보니 너무 힘들었다.

며칠 후 집사람이 길에서 질질 끌려 다니는 봉순이를 또 보았다는 얘기를 해줬다. 집사람도 봉순이가 안쓰럽고 보기 힘들다고 했다. 그리고 며칠 후, 보호자가 봉순이가 아프다고 병원에 다시 데리고 왔다. 전처럼 심각한 상태는 아니었지만 며칠 입원을 해야 하는 상황이었다. 아무래도 몸이 회복되지 않은 상태에서 무리를 한 것 같았다.

봉순이는 다시 입원했고, 곧 회복되었다. 퇴원을 앞두고 나는 같은 상황으로 봉순이를 되돌려 보내지 않으리라 마음먹었다. 이대로 돌려보냈다가 분명 잘못될 것 같다는 생각이 들었다. 제일 좋은 것은 봉순이를 다른 집으로 입양을 보내는 것이다. 이 경우 병에서 회복된 봉순이를 잘 돌봐줄 집을 찾는 것도 문제지만, 원래 보호자가 포기하도록 하는 것도 어려운 문제였다.

바로 얼마 전 거금을 들여 치료한 아이를 포기하라는 말을 어떻게 한단 말인가……. 게다가 보호자는 봉순이를 무척 아끼는데. 자칫 병원비는 병원비대로 받더니 고양이도 달라고 하는, 못되고 이상한 병원으로 오해받기 딱 좋은 상황이었다.

며칠을 고민하다 결심을 하고 힘들게 전화를 했다. 봉순이를 위해서 다른 곳에 입양을 보내는 것이 어떻겠냐고. 그런데 너무도 담담하게 "그게 봉순이를 위한 길이라면 보내야죠"라고 하는 게 아닌가. 처음 입원시키면서 "돈이 많이 들더라도 살려야죠" 하던 때와 같은 목소리로 말이다.

일단 봉순이는 병원에서 데리고 있기로 했다. 병원에 있으면서 봉순이의 얼굴은 좀더 편안해 보였다. 마침 고양이를 키우고 있는 친구가 둘째를 들이기로 했다는 소식을 듣고 봉순이 얘기를 해보았다. 그 친구는 가족과 상의해 봉순이를 입양하기로 결정했다. 그 친구네 집 첫째 고양이 '넬'도 우리 병원에서 입양 보낸 아이였다.

이렇게 봉순이는 응봉동에서 청담동으로 입양을 갔고, '오드리'라는 새로운 이름이 생겼다. 응봉동 '봉순이'가 청담동 '오드리'가 된 것이다.

청담동의 한 가정집에 입양되어
새로운 이름을 갖게 된 봉순이.

71

누군가 오드리의 럭셔리한 사진을 본다면, 부잣집 외동 고양이로 태어나서 고생이라고는 모르고 자랐다고 생각할 수도 있겠다. 아마 전혀 상상도 못 했을 것이다. 사실 오드리는 응봉동 어느 뒷골목에서 태어나 비루하게 살다가 끔찍한 병에 걸려 죽을 운명이었다는 걸…….

하지만 그런 운명을 거부하고 수의사를 찾아가고, 동네 아주머니를 또 찾아가고, 결국 아픈 자신을 위해 월세 보증금을 깨서 병원에 데려다준 천사 아저씨를 만나게 되었다는 그런 전설이 있다는 것을!

때론
점프하는
수의사

"아무래도 목발이 필요할 것 같아. 부장님, 당장 지영이 누나한 테 연락드려서 혹시 어디 목발 살 곳 아시는지 좀 여쭤봐줘요. 지금, 빨리!"

당장 내일 오전에 예정되어 있는 수술부터 걱정이었다. 수술을 해야 하는데 갑자기 혼자 서 있을 수도 없게 되었다. 오후 진료는 어찌어찌 앉아서 넘어간다 하더라도 수술을 앉아서 할 수는 없는 노릇이다. 절름거리며 수술실에 가서 수술대 높이를 낮춰보았다. '이렇게 낮추고 앉아서 해봐?'

"헉, 흑, 악!"

수술대를 짚고 일어서던 나는 외마디 비명을 지를 정도의 통증을 느꼈다. 이번엔 왼쪽 어깨였다. 이럴 수가, 순식간에 오른쪽 발목 과 왼쪽 어깨의 기능을 잃었다.

'아닐 거야. 이건 아니야. 어떻게 이럴 수가 있지? 말도 안 돼.'

현실을 부정하면서 그야말로 뜬금없이 '가만있자, 6백만 불의 사나이가 다쳤던 부위가 오른팔이었나 왼팔이었나?'를 생각하기 시작했다. 모든 일의 시작은 세차, 세차 때문이었다.

딱히 깔끔하지도 않고 항상 부스스한 차림으로 다니는 내가 그날따라 갑자기 차가 너무 지저분하다는 '느낌'이 들었다. (기억을 되돌려보면 차는 평소보다 깨끗한 상태였다.) 그래서 왜 그랬는지는 모르겠지만, 평소보다 깨끗하지만 일부분이 지저분하다는 말도 안 되는 그야말로 '느낌적인 느낌' 때문에 세차를 하러 갔다. (그날따라 세차해야 될 것 같은 의무감을 느꼈던 것 같다.)

엄숙한 표정으로 세차장으로 차를 몰았다. 세차장에 도착할 무렵 차도 한가운데에서 뭔가를 발견했다. 치와와 한 마리가 목줄을 매단 채로 차선을 따라 미친 듯이 달리고 있었다.

출근 시간이라 차도에 차가 많아서 사고가 날 것 같은데, 그 치와와는 뭔가에 놀라서 흥분했는지 차도 한가운데를 따라 왔다 갔다 하면서 달리고 있었다. 차를 세우고 주위를 살펴보니 주인인 듯한 아주머니 한 분이 안타까운 표정으로 차도 옆에 서 있었다. 줄을 놓쳤는데 잡으려고 뛰어가니까 놀라서 달아났다고 했다.

보통 이런 상황에서는 절대 개를 쫓지 말고 가만히 앉아서 스스로 오도록 부르거나 해야 하지만, 이미 개는 폭주 상태였고, 주변에 차가 너무 많아서 당장 뭔가 하지 않으면 개가 죽거나 중상을

입을 상황이었다. '음, 잠깐 강아지 좀 잡아드리고 세차하면 되겠네. 후훗.'

"아주머니, 제가 잡아드릴게요. 여기 잠시만 계세요."

사실 그때 내가 무지하고 오만했다. 나는 동물에 대한 전문가이고 체력도 좋다고 생각했던 것이다. 하지만 나는 한 번도 흥분한 치와와가 달릴 때의 최고 속력에 대해 공부해본 적이 없었다. 그리고 더 큰 문제는 나의 달리기 속도를 몰랐다는 것이었다.

흥분한 치와와는 정말 빨랐고, 거기에 비해 나의 달리기는 너무 느렸다. 아무리 뛰어도 거리는 좁혀지지 않았다. 하필이면 그 개가 차도 한가운데를 직선으로 뛰는 바람에 거리 제한이 없는 무한 트랙을 달리는 것 같았다.

숨이 가빠지면서 나는 점점 더 느려졌지만 그 개는 처음 속도를 그대로 유지하면서 쭉쭉 달려나갔다. 개는 점점 북쪽으로 멀어져갔다. 헉헉거리며 달리다가 힘이 빠져서 거의 주저앉으려는 순간, 멀리서 점 하나가 다시 보이기 시작했다. 그 개가 방향을 바꾸더니 반대편 내 쪽으로 달려오고 있었다. 그 치와와를 보면서 나는 생각했다.

'그래, 달리기는 안 되더라도 점프만 잘하면 된다.'

'지금, 단 한 번의 기회야.'

'Now or Never.'

'그런데 점프는 45도 각도로 해야겠지?'

짧은 찰나에 이런 오만 가지 생각을 하면서 다시 달리기 시작했다. 개를 따라 방향을 돌려 뛰면서 가장 가깝다고 생각한 순간 몸을 던졌다. 착지 따위는 알지도 못했고, 모든 에너지를 점프에만 집중해 그냥 몸을 날렸다. 그러곤 쓰러져서… 정신이 아득했다. 어딘가 통증이 느껴졌지만 눈을 감고 한참 있었다.

'놓친 걸까?' 서서히 눈을 뜨면서 개를 놓쳤다고 안타까워할 마음의 태세를 갖추고 있었는데, 거짓말처럼 내 손에 개 줄 끝이 쥐어져 있었다.

개를 살펴보니 그 아이도 땅에 굴러서 입 주변에 피를 흘리고 있었다. 흥분한 아이를 안고 차도 옆으로 나와서 살펴보니 다행히 크게 다친 곳은 없었다. 새파랗게 질려 상황을 지켜보고 있던 아주머니에게 아이를 안겨드리며, 내가 수의사라는 것과 크게 걱정하실 상태는 아니라고 말씀드렸다. 주인분은 내가 근무하는 병원이 어디냐고 물어봤지만 그냥 쿨(?)한 척, 안 알려주고 돌아왔다. 사실 그때 몸은 아무렇지도 않았다. 오히려 '그 점프는 정말 좋은 점프였어'라고 생각하며 아무렇지 않게 세차장에 들렀다. 반짝반짝 광이 나는 깨끗한 차를 타고 휘파람을 불며 흡족하고 상쾌한 기분으로 출근을 했다.

그런데 오전 업무가 끝날 무렵부터 다리가 불편하더니 갑자기 걸을 수가 없었다. 그러더니 급기야 왼쪽 어깨도 잘 움직일 수 없는 상태가 되었다. 아무래도 아까 점프할 때 몸에 뭔가 큰 이상이 생겼었는데, 당시에는 내가 극도의 흥분 상태였기 때문에 통증을 느끼지 못했던 것 같았다.

일을 해야 하기 때문에 병원에 간다는 것은 엄두도 못 내는 상황이었다. 지인에게 목발을 좀 사다 달라고 부탁했다. 목발이 도착했고, 나는 앉아서 진료를 보기 시작했다.

돈벌레의
치밀한
계획

다행히 팔은 움직일 수 있었지만 어깨를 중심으로 회전이 잘
되지 않았다. 그런내로 팔을 움직이며 주사 처치 등은 진료실에 앉
아서 가능할 것 같았다.

문제는 수술이었다. 목발, 그냥 볼 때는 대충 어깨 밑에 받쳐 놓
고 서 있거나 살짝살짝 체중을 싣고 걸어 다니면 될 줄 알았다. 그
런데 막상 목발을 가져와서 써보니 걷는 것도 힘들고 서 있는 것마
저도 상당히 곤혹스러웠다.

잠시 딛고 서서 약을 지어봤는데, 그 잠깐 사이에도 겨드랑이
부분에 체중이 몰려서 장시간 서서 양손을 쓰는 것은 어려울 것
같았다. 퇴근 전에 목발 짚는 연습을 집중적으로 해보았지만 짧은
시간에 사용 능력이 늘지 않았다.

밤사이 극적인 반전이 일어나기를 바라면서 자려고 누웠는데,
약간 서러운(?) 마음이 들었다. '아니, 내가 무슨 공중 3회전 후 두

번 앞구르기를 하면서 강아지를 잡은 것도 아닌데, 이렇게 크게 다치다니. 이제 늙은 건가? 착한 일 한번 해보려고 해본 건데, 설마 회복이 안 될 정도로 다치진 않았겠지. 그러면 반칙이지. 나도 어벤져스 같은 슈트를 입었으면 안 다쳤을라나?' 이런저런 생각을 하다 잠이 들었고 하룻밤이 지나갔다.

다음 날, 여전히 다리를 절었지만 서 있을 때는 통증이 덜해서 다행히 수술은 할 수 있었다. 모든 수술이 다 그렇지만 그날 수술은 특히 더 감사한 마음으로 진행했다.

문제는 수영이었다. 수영은 내겐 취미 이상의 의미를 가진 운동이다. 사람들이 "무슨 수영을 그렇게 하세요?" "수영이 그렇게 좋아요?" "지겹지도 않아요?" 물으면 아무도 알아듣지 못하는 옛날 영화 〈흐르는 강물처럼〉을 인용하면서 "제게 수영은… 영화 〈흐르는 강물처럼〉에 나오는 브래드 피트네 가족이 하는 '낚시' 같은 거예요. 그런데 아무리 해도 늘지 않네요."라고 대답하는, 또 다른 인생의 목표(?)이자 나를 단련하는 수단(?)이다. 그런데 발목과 어깨를 다쳤으니 인생의 또 다른 목표를 추구하는 데에 큰 문제가 생겼다.

낮에는 일하면서 불편하고 저녁에는 수영장에 가서 좌절하는 날이 계속되었다. 일주일 정도 지나고 나니, 천만다행으로 일을 하는 데는 전혀 지장이 없게 되었다. 걷는 데도 무리가 없고 호랑이 같은 고양이들이 뛰어다녀도 따라다니면서 사건 사고를 수습하는

데 불편함이 없는 몸 상태가 되었다.

그런데 수영을 할 때, 딱 수영할 때만 '왼팔을 회전하는' 동작이 안 되는 것이었다.

'뭐, 한 주만 더 지나면 괜찮아지겠지.'

'나이가 들어서 회복이 좀 더딘 것뿐이야.'

'그래도 그 치와와가 무사하니까 얼마나 다행이야. 그냥 내가 좀 다친 게 낫지'라고 생각하면서 스스로를 위로했다.

몇 달이 지났다. 몸 상태는 처음보다 나아졌지만 여전히 어깨를 제대로 돌리지 못하는 상황이 계속되었다. 수영장에서는 엉거주춤한 자세로 한 팔을 쓰는 것도 아니고 안 쓰는 것도 아닌, 바보 같은 자세로 수영을 해야만 했다. 그런데 지금도 신기한 것은(멍청한 것일 수도 있는데) 병원을 한 번도 가지 않았다는 것이다. 바빠서 그런 거지만 병원을 갔어야 했는데……

어깨를 다치고 일 년쯤 지나고 나니 약간 포기 상태에 이르렀다. 마음 한편에서는 그래도 착한 일 하다가 다쳤는데 좋아지겠지 하는 믿음(?)도 있었다.

흥부의 도움을 받은 제비는 박씨를 물고 왔는데, 내가 구해준 치와와는 파스라도 물고 와야 하는 거 아닌가 하는, 말도 안 되는 생각도 했다. 그러다 어느 날은 그 치와와 주인에게 병원 이름이라도 알려줄 걸… 내가 얼마나 많이 다쳤는지 좀 보여라도 주게! 하는 유치한 생각을 하기도 했다.

어깨는 계속 아팠고 치와와는 은혜를 갚지 않았다.

어느 날, 수영장에서 여전히 고장난 어깨로 수영을 하고 있었다. 그런데 물속에서 벌레, 정확하게는 돈벌레라고 불리는 다리 많은 벌레가 빠져 있는 것을 발견했다. 얼른 벌레를 건져 나왔는데 물에 가라앉아 가는 상황이었기 때문에 처음에는 죽었다고 생각했다. 물기를 털어내고 말려주니까 벌레가 움직이고 기운을 차리기 시작했다. 수영장에서 가끔 벌레를 발견하는 경우, 그때마다 구조해서 탈의실 라커 뒤 구석에 놓아주곤 했다. 잘 살아남기를 바라면서. 그런데 그날은 벌레가 물에 오래 빠져 있었기 때문에 따뜻한 곳에 풀어주고 싶은 '더욱 세심한 측은지심'이 발동되었다. 그래서 탈의실 내 사우나 부스 위에 벌레를 올려주기로 마음먹었다.

어깨가 불편해서 자세를 취하는 게 조금 어색했다. 하지만 벌레를 그 위에 올려줘야 살 것 같아서 다시 한번 손바닥 위에 벌레를 얹어 놓고 억지로 팔을 쭉 뻗었다. 다행히 벌레는 사우나 부스 위로 올려졌는데, 순간 뭔가 찢어지는 느낌이 들었다. "아악!" 어깨가 너무 아파 비명을 지르며 쓰러졌다.

'어깨가 완전히 망가진 거야. 이제 수영도 못할 것 같은데. 대체 내가 뭘 잘못한 거지!' 바닥을 구르며 갑자기 화가 치밀어 올랐다. 강아지를 구해주면서 크게 다치고, 이제는 벌레를 구해줬는데 그

바람에 완전히 어깨가 망가졌구나 하는 고통과 절망, 체념… 이런 것이 분노와 함께 터져 나왔다.

한참을 아파하다 일어섰는데… 맙소사, 통증이 깜쪽같이 사라졌다. 아무래도 믿기지가 않아서 팔을 조금 움직여보니 아프지 않았다. 세상에나! 팔이 아프지 않다니!

전에는 일정 각도 이상 돌리면 많이 아팠는데, 이제는 360도 한 바퀴를 돌려도 아프지 않았다. 이게 어떻게 된 일인가…….

그날 이후 어깨는 아프지 않았다. 오히려 전보다 가동 범위가 더 넓어지고, 반대편 어깨보다 유연성도 더 좋아졌다. 어떻게 이럴 수 있을까 곰곰이 생각해보았는데 도무지 이유를 찾을 수 없었다.

상처가 나서 유착되었던 부분이 벌레를 들어올리는 자세를 취할 때 찢어지면서 유착 부위가 분리된 것이라고, 나름의 결론에 도달했지만 이유야 무엇이면 어떠랴! 더 이상 안 아프고, 어깨는 더 좋아졌는데! 그냥 내 멋대로 해석하기로 했다. 전에도 여러 번 구해줬던 돈벌레들이 은혜를 갚은 것이라고.

정리하자면,

- **치와와가 차도에 뛰어들었고,**
- **치와와를 구해주기 위해 점프하면서 내가 어깨를 다치고,**
- **수영장 물에 돈벌레가 빠졌고,**

• 돈벌레를 구해주기 위해 팔을 무리하게 돌린 후 어깨가 더 좋은 상태로 재탄생된 것.

이 모두는 돈벌레의 계획이었다고, 치와와는 돈벌레의 프로젝트에 피처링한 것이었다고. 나이가 들면서 굳어버린 내 어깨를 더 좋은 상태로 만들어주려는, '돈벌레의 빅 픽처'의 일부였다고!(ㅋㅋ) 그렇게 믿게 됐다.
몇 년이 지났지만 아직도 내 어깨는 씽씽하다.

"내가 분명히 말하는데, 이혼이야! 어차피 자기 하고 싶은 대로 할 거잖아. 이번엔 진짜야. 그냥 넘어가려고 하지 마."

김 부장님은 지금 몹시 화가 나셨다. 입원 중인 박쥐를 어떻게든 계속 데리고 있으려는 것을 간파했기 때문이다.

"생각해봐, 몇 달은 더 데리고 있어야 할 텐데, 우리 병원 사정 알지? 그렇게 장비는 왜 또 들였어? 아무튼 발치는 안 돼. 차라리 다른 수술을 해주는 거면 몰라도 발치는 안 돼. 이혼이야!"

대답 대신 입을 꾹 다물고 있는 것으로 내 의지를 표현했고, 나의 소중한 자존심을 지켰다고 애써 위로했다. 한두 번 겪는 일은 아니지만 어쩌면 이번엔 진짜 이혼을 당할지 모른다고도 생각했다. 이 나이에 이혼을 당할까 봐 고민이다.

나는 요즘 입원 중인 고양이 '박쥐' 때문에 몹시 괴롭다. 박쥐는 열흘 전쯤 탈수, 빈혈, 황달, 췌장염 등의 증상으로 입원한 고양이 환자다. 다행스럽게도 치료는 잘되었다.

처음에는 죽을 것처럼 늘어져 있던 고양이가 하루하루 힘을 얻고 포악해지더니 이제는 맹수 같은 체력을 회복하고 주사 처치를 하거나 유동식을 줄 때마다 잡아먹을 듯 달려든다. 혹시라도 잡아 먹힐까 봐 고민이고, 이 아이를 퇴원시켜야 하는데 퇴원시킬 수 없는 것이 요즘 내 고민이다.

박쥐가 아프게 된 원인은 만성 구내염 때문이다. 고양이들의 잇몸과 입안에 염증이 심하게 생기는 질환인데, 증상에 따라서 발치 즉, 이빨을 다 뽑아야 증상의 개선을 기대할 수 있는 경우가 많다.

박쥐도 만성 구내염으로 고생하던 고양이다. 보호자가 창고에서 돌보는 길고양이 출신 고양이들 중 한 마리이고, 동료 고양이 여러 마리가 같은 질환으로 고생하고 있었다. 이번에 입원한 것도 구내염이 심해진 것이 원인이었던 것으로 추정되었다. 근본적인 원인을 치료하기 위해서는 전 치아 발치 즉, 이빨을 다 뽑아야 한다는 결론을 내렸다. 이를 뽑지 않으면 지금 잠시 몸이 좋아졌다고 퇴원을 한들 다가오는 겨울을 넘기지 못하고 결국 죽을 것이다.

박쥐 보호자도 이를 뽑는 처치의 필요성은 진작부터 알았지만 발치를 해줘야 하는 아이들이 한두 마리가 아니라, 병원에 데려와 이를 빼줄 엄두를 못 내고 있었다. 더구나 박쥐 보호자는 돌보는 고양이가 많은데, 이번에 박쥐를 치료시키면서 너무 많은 비용이 들었다. 이 아이가 상태가 또 나빠진다면 병원에 다시 데려오기는 힘들 것 같았다.

지금까지 많은 만성 구내염 고양이 환자들을 만나왔다. 일반 가정에 사는 고양이들도 있었지만 처지가 딱한 고양이도 많았다. 대개 전 치아 발치가 필요한 상황이지만 전 치아 발치를 제대로 하려면 웬만한 가정에서도 선뜻 부담하기 어려울 정도의 많은 비용이 들고, 발치 전 과정에 필요한 시간도 상당히 길다.

길고양이나 그와 유사한 환경에 있는 고양이를 데리고 있으면서 전 치아 발치를 하려면 우리 병원의 경우에는 적어도 두세 달 정도의 시간이 필요하다. 시간과 비용도 문제지만 전 발치는 너무 힘들고 너무 위험하다. 발치를 잘하는 다른 수의사들은 어떨지 모르겠지만 하악 송곳니를 포함한 전 치아 발치는 피할 수 있다면 정말 피하고 싶다.

그런데 그런 것을 이혼의 위협을 감수하면서 밀어붙여야 하다니. 하고 싶지 않지만 해야 한다는 것이 고민스러운 상황이다. 게다가 박쥐는 너무 사납다. 지금까지 고작 열흘 정도 치료하면서도 숱하게 위험한 상황을 넘겨왔는데, 앞으로 석 달을 데리고 있는 것은 상상만으로도 걱정이 된다. 지금까지 데리고 있어 본 바에 의하면 석 달을 더 데리고 있는다고 성격이 온순해질 것 같지 않았다.

그런데도 그야말로 야생의, 날것 그대로의, 펄펄 뛰는, 난폭하고, 무시무시한 이 고양이 박쥐가 측은하고 귀여운 것이 치명적인 고민이다.

보호자에게 솔직한 심정을 말씀드렸다. 지금 상태는 좋아졌지만 퇴원하면 또 상태가 나빠져서 이번 겨울을 넘기지 못하고 죽을 것 같다고. 어떻게든 발치를 해주고 싶지만 사정이 여의치 않아 고민이라고 말했더니, 말씀만으로 고맙다고 하시면서 무료로 해준다고 해도 어떻게 그러냐고 거절을 한다. 이 보호자가 너무 좋은 분이라 그것도 고민이다.

제기랄, 날이 추워지는 것도 문제다. 결국 고민만 하다 박쥐를 보내게 될 것 같았다.

박쥐를 들여다보면서 "미안해"라고 말하고 있었다. 그때, 라디오에서 흘러나오는 노래 가사를 듣다가, 또 울고 말았다.

안 된다면 어차피 못 살 거
죽어도 못 보내
그 많은 시간을 함께 겪었는데
이제 와 어떻게 혼자 살란 거야 그렇게는 못해 난 못해
죽어도 못 보내
정말로 못 보내 내가 어떻게 널 보내.

2AM의 〈죽어도 못 보내〉였다. 박쥐를 못 보낼 것 같았다.

그렇게
보내서
미안해

하지만 시간이 흐른 후 결국 박쥐를 보내야만 했다. 그렇게 보내려고 한 것이 아닌데, 사정상 보내야만 했다. 박쥐를 생각하며 그렇게 고민하고 2AM의 〈죽어도 못 보내〉를 들으면서 눈물지었던 많은 순간이 떠올랐다.

"예, 박쥐 보호자님. 이렇게 갑자기 전화로 말씀드려서 죄송합니다. 예, 저희 병원 사정상 더 데리고 있을 수 없을 것 같습니다. 정말 죄송합니다. 아시다시피 저희 병원이 규모가 작아서 고양이는 두 마리만 입원시킬 수 있거든요. 격리 입원 공간에 한 마리가 있을 수는 있지만 거기는 감염성 질환이 있는 아이들이 입원하는 곳이라서요. 이렇게 데려가시라고 해서 정말 죄송합니다."

전화를 끊고 만감이 교차했다. 얼마 후 보호자분이 박쥐를 데리러 왔고, 박쥐가 병원을 떠날 때 나는 다른 아이를 돌봐주고 있느라 잘 가라는 인사도 하지 못했다.

첫눈에도 다람이는 많이 아파 보였다. 축 늘어져서 케이지에서 꺼내지는 자신의 몸에 무심한 상태. 고양이로서는 죽기 전이 아니면 용납할 수 없는 무방비 상태를 보였다. 신부전으로 오랜 치료와 처치를 받았다고 했다.

수의사들은 동물들의 상태를 보고 진단을 하기도 하지만 보호자들이 말하는 분위기나 먹이고 있는 영양제, 보조제 등을 보고 병의 진행 상태를 판단하기도 한다. 신체검사를 하면서 다람이 보호자님에게 그간의 병력과 처치, 먹이고 있는 보조제에 관해 듣고 다람이는 말기 신부전에서도 끝 단계라는 것을 알게 되었다.

"죄송하지만 이 아이는 저희 병원에서 해드릴 게 없을 것 같습니다. 아이 상태를 보니 적극적인 처치가 필요합니다. 저희 병원은 규모가 작아서 이 아이 상태에서 필요한 집중적인 치료는 어려울 것 같네요."

조심스러운 목소리로 보호자가 말했다.

"선생님, 제가 이 아이를 치료하려고 데려온 건 아니에요. 오래 아팠기 때문에 이제 저도 마음의 정리를 했고, 다람이도 고생을 많이 해와서 더 치료하지 않으려구요. 그런데, 죽기 전에… 죽기 전에 마지막으로 수액이라도 한번 맞춰주고 보내려고 데려왔어요. 그냥 수액만 놔주시면 안 될까요?"

슬픈 상황이다. 함께하던 고양이가 마지막 가는 길에 수액이라도 맞춰주고 보내고 싶어 하는 마음을 수의사라면 당연히 헤아려드려야 한다. 하지만 나의 대답은 단호했다. "안 됩니다. 그렇게 할수는 없습니다." 보호자의 간절한 바람과는 달리 나는 차가운 거절의 말을 하고 있었다. "아이의 상태가 안 좋을 때 그냥 수액 처치만할 수는 없습니다. 전해질 상태나 pH 같은 것들을 고려하지 않고그냥 수액을 줬다가 오히려 그 수액 때문에 아이가 사망할 수 있습니다. 그래서 안 됩니다."

예전에는 그냥 '영양제', '수액'을 놓는다고 아무 수액이나 주기도 했지만 요즘에는 혈액검사를 하고 환자의 상태에 맞는 수액 처치를 하는 것이 보편화되었다. 그리고 간혹 긴박한 상황이나 딱한처지에 있는 동물을 돕기 위해 한 행동들이 나중에 가혹한 책임으로 돌아오는 경우도 있다. '당신은 전문가인데 그때 왜 나를 말리지않았나?' '그걸 알았으면 당연히 돈을 내고 검사를 했을 것이다' 등등. 당연히 진료비는 높아지고, 온정은 사라질 수밖에 없었다.

"선생님, 정말 죄송하지만… 다람이를 데리고 갈 곳이 없어요.지금 키우는 다른 강아지가 심부전으로 다른 병원에 입원 중인데,그래서 돈을 그 아이에게 다 쓰고… 다람이에게 쓸 수 있는 돈은10만 원 정도인데… 어떤 곳도 이 아이를 받아주지 않았어요. 제발죽기 전에 그냥 수액이라도 한번 맞게 해주세요."

이분의 말이 사실이 아닐 수도 있다고 생각했다. 우리나라에는 내가 발끝도 따라가지 못할 정도로 측은지심이 넘치는 수의사들이 많이 있다. 그렇다고 이 아이는 그냥 있어도 사망할 상황인데, 섣불리 아무 수액이나 주었다가 이 아이의 죽음을 앞당기는 상황을 만들 수는 없었다.

하나의 처치, 하나의 주사라도 주게 되면 이후 모든 상황을, 비록 상황의 전개와 아무 관련 없는 단순한 처치일지라도 책임지라는 말을 들을 수도 있는 것이 수의사라는 직업이다. 환자에게 돈을 받건 안 받건 길고양이이건 집고양이이건 할인이나 심지어 무료로 치료를 해드리더라도 항상 그런 책임을 질 수 있음을 감안해야 한다. 어떤 생명이든 어떤 상황에서든 똑같이 소중한 가치를 가지고 있기 때문에, 생명을 다루는 직업이 가지고 있는 숙명이라고 생각한다.

"사정은 안타깝지만, 그래도 안 됩니다. 그냥 수액 처치를 해드릴 수는 없고요." 보호자의 얼굴에 실망한 표정이 가득했다. "대신……." 침을 한번 삼키고 김 부장님이 경을 칠 말을 기어이 하고야 말았다.

"제가 필요한 검사와 처치를 하면서 다람이를 며칠 데리고 있겠습니다. 그냥 데리고 있겠다는 건 아닙니다. 아까 말씀하신 10만 원은 받을 겁니다. 제가 해주려는 것에 비해 돈이 많이 부족한 것은 사실이지만, 다람이에게 필요한 검사나 처치를 아끼지는 않을 생각입니다. 부족하지만 저희 병원 수준에서 할 수 있는 모든 것을 다람이에게 해줄 생각입니다. 상태가 악화되서 가더라도 병원에서 처치는 한번 받아보고 죽어야죠. 대신 제 처치가 이 아이를 위한 것이라는 것을 알아주셨으면 좋겠습니다. 결과가 어떻게 나오더라도 저를 너무 원망하지 말아주세요." 고개를 끄덕이면서 보호자는 울고 있었다.

"뭐라고요? 원장님, 다람이를 입원? 자기 미쳤어? 다람이 입원 시킬 곳이 어디 있다고! 아니, 지금 제정신이 아닌 것 같아. 돈도 돈이지만 지금 자리가 없잖아. 꼴랑 두 마리 입원시킬 수 있는 병원에 박쥐도 데리고 있고, 이따 너린이도 오기로 되어 있는데 걔 어디다 입원시켜!"

다람이를 입원시킨다는 얘기를 들은 부장님은 그야말로 대노하셨다. 이대로는 정말 이혼당하는 것으로 끝나지 않고, 어디 극한의 감옥에 가둬놓고 영원히 고문이라도 할 것 같은 기세다.

"……"

아무 말도 할 수 없었다. 김 부장님이 하시는 말씀은 다 맞기 때문이다.

"그래도, 그 아이가 죽어간다는데, 어떡해."

"우리 형편을 생각해야지! 남들은 이 건물이 우리 것인 줄 알아. 다 우리가 부잔 줄 알고! 자기 유일한 여유라면서 아침저녁으로 커피 마시러 다니는 거 말고 우리가 뭐가 있어? 병원을 십 년 넘게 해도 남은 것도 없고 빚만 늘고… 나만 나쁜 사람이지. 나만 나쁜 사람이야! 우리 냉장고, 세탁기가 이십 년이 넘어서 언제 사망하실지도 모르는데. 그 아이가 죽는다고 덜컥 받으면 입원시킬 곳도 없고… 우리 골드스타 냉장고나 숨 넘어가기 전에 좀 어떻게 해줄 생각은 안 하고… 안 되겠어. 이혼이야!"

"아, 제발. 그래도 우리가 밥은 굶지 않잖아."

"요즘 밥 굶고 사는 사람이 어딨어! 자리가 없는데, 어디다 입원을 시켜!"

비장한 표정으로 내가 말했다.

"그러면 박쥐를 보내. 석 달 정도 입원해 있었으니 괜찮을 거야. 다람이를 그 자리에 입원시켜. 박쥐 보호자님께는 내가 전화드려서 상황을 말씀드릴게."

♥

이혼 위기에 몰렸지만 박쥐가 간 자리에 다람이가 들어왔다. 상태가 너무 안 좋았지만 내가 하는 검사나 처치 하나하나가 그 아이에게는 마지막이 될 수 있다는 생각으로 치료했다.

일주일이 지났다.

"다람이 보호자님, 지금 상황이 일시적일 수 있다는 점 꼭 명심해주세요. 컨디션이 좋거나 나쁘거나 다음 주에 다시 꼭 데려오서야 합니다."

죽기 전에 수액이나 한번 맞춰주고 보내려던 다람이가 퇴원을 하고 있었다. 어찌 된 영문인지 다람이는 치료 후 최악의 상태를 벗어나게 되었고, 당분간 통원 치료를 할 계획이다.

♥

"박 선생님, 수고하셨어요. 박 선생님이 잘 돌봐주셔서 다람이가 좋아진 것 같아요."

"아니에요. 제가 뭐 한 게 있나요. 고생은 원장님이 하셨죠. 그런데 다람이가 너무 귀여워요."

"맞아요. 정말 귀여운 것 같아요. 이그, 내가 이혼까지 당할 뻔했지만, 이 녀석이 귀여워서 견딥니다."

"맞아요, 원장님! 이런저런 힘든 일들이 많지만 매일매일 이렇게 귀엽고 사랑스러운 동물들을 대하는 직업을 가져서 정말 행복한 것 같아요."

다람이를 보내고 그동안 여러 아이들을 돌보느라 고생한 우리 병원 테크니션 박 선생님과 서로를 위로하는 덕담(?)을 나누고 있다.

"그런데 원장님, 동물병원 근무하면서 느끼는데요. 정말 돈이 없으면 동물을 키우면 안 되는 것 같아요. 애기들이 아플 때 어떻게 해줄 수도 없잖아요. 그리고 박쥐를 그렇게 보내서 서운하시겠어요. 인사도 하고, 사진도 찍는다고 하셨는데 어떻게 딱 이렇게 되는지 모르겠네요."

"돈이 없으면 동물을 키우면 안 된다… 맞는 말이에요. 맞는 말이긴 하지만, 사람이 어떻게 맞는 행동만 하고 살 수 있겠어요. 상황에 따라서 어쩌면 돈이 없는 분이 그분보다 더 딱한 처지에 있는 동물을 돌보는 경우도 있고, 그렇게 돈이 없는 주인분과 살아도 죽기 전에 돌봄은 한번 받아보고 죽을 수도 있는 거죠. 박쥐가 간 것도 어떻게 보면 할 수 없는 일이에요. 우리 인연은 거기까지인 거죠. 그래도 박쥐가 석 달 동안 입원해 있으면서 네 번에 걸쳐서 수술적 발치를 받았는데, 그 큰 수술을 다 이겨내고 참 대견해요."

"석 달 동안 변함없이 사나운 것도 참 기억에 남을 것 같아요."

"수술 부위는 잘 아물 거예요. 박쥐 보호자님께서 잘 보살펴주실 거니까요. 마지막에 며칠 더 데리고 있었으면 좋았겠지만, 다람이를 위해서 어쩔 수 없었어요.

수의사라는 직업이… 지프 차를 몰고 아프리카 세렝게티 초원을 가로질러 지나가다가 다리를 저는 사자를 발견하고, 마취총을 탁 꺼내서 사자를 마취해서 주사 처치를 하고, 마취된 사자가 깨는 동안 커피 한 잔을 하는 거예요. 간이식 접는 의자에 앉아 탁자에 발을 올리고… 이때 꼭 챙 넓은 모자를 쓰고, 선글라스는 보잉선글라스여야 해요. 사자가 깨어날 때쯤… '잘 살아!'라고 하면서 사자의 엉덩이를 툭! 쳐주고 의자를 접어 넣고 다시 지프에 올라 노래를 흥얼거리면서 떠나는 모습… 뭐, 이런 광경을 기대하는데……. 우리의 현실은 깨어나는 사자를 기다렸다가 엉덩이를 쳐주기는커녕 석 달간 입원했던 박쥐의 회복도 마저 못 보고 인사도 제대로 못하고 허둥지둥 보내는 것이에요. 이게 우리의 삶인 거죠."

"원장님, 그래도 이혼은 안 당하셨잖아요. 박쥐도 무사히 수술을 마쳤고, 다람이도 살아서 퇴원했구요."

"그렇죠. 박 선생님, 부장님이 매일 이혼, 이혼 노래를 부르시지만 박쥐가 입원해 있는 동안에 크리스마스, 일요일 가리지 않고 나와서 수술할 때 도와주셨어요. 그동안 제가 데려온 동물들 휴일에도 빠지지 않고 나와서 돌봐주시는 분이 부장님이세요. 언제까지일지는 모르겠지만 다람이가 계속 이 상태를 유지해줬으면 좋겠어요. 참, 그리고 박쥐는 이제 영영 못 볼 것 같네요. 창고에 같이 있는 다른 고양이들도 많이 아파서 박쥐가 병원에 올 차례는 안 올 것 같아요."

"박쥐야……."

박 선생님의 눈가에 눈물이 고였다.

"그래도 잘 살겠죠. 박쥐야, 엉덩이는 못 쳐줬지만 잘 살아야 해. 인사도 못하고 그렇게 보내서 미안해!"

비루한
가방을
위한 변명 1

"아무튼 다음에 차 보러 갈 때는 지금 타는 차를 딱 몰고 가세요. 그러면 차 바꿀 때가 된 걸 알고 원두커피를 준비해서 나올 거예요. 아, 그리고 그 수영복 가방은 들고 가지 마세요. 좀 없어 보이는 거 같아요."

수영장 샤워장에서 아저씨들의 수다가 한창이다. 내가 얼마 전에 차를 보러 한 자동차 대리점에 갔었는데, 그곳 직원이 대답을 잘 안 해주는 것 같았다고, 함께 수영장에 다니는 자동차 영업사원분에게 고자질을 하고 있는 중이었다. 내 얘기를 다 듣고 그분이 말했다. "다음에는 그 수영복 가방 들고 가지 마세요." 듣고 보니 좀 그런 것 같기도 했다. 게다가 난 그날 그 가방을 자동차 옆 바닥에 털썩 내려놓기도 했었다.

며칠 후 병원에서 유 선생님도 가방 얘기를 했다.

"원장님, 그 가방 실제로 멘 거 뵈니까. 쫌 아닌 것 같아요. 바꾸시는 게 좋겠어요. 그리고 차 보러 가실 때 저랑 같이 가세요. 아무래도 같이 가드려야겠어요."

유 선생님까지 그런 얘기를 하니까 정말 가방을 바꿔야겠다는 생각이 들기도 했다. 앞으로 차를 보러 갈 때는,

- 💛 있어 보이는(?) 사람과 함께,
- 💛 낡은 내 차를 타고,
- 💛 가방은 꼭 두고 가는 것으로 결정했다.

하지만 나는 알고 있었다. 특별한 일이 없는 한, 나는 그 가방을 못 버릴 것이다. 남들이 볼 땐 낡고 초라하겠지만 내게는 그 어떤 럭셔리 브랜드의 가방보다 소중한 '최애템'이었다.

내 비루한 가방을 위해서 이 글을 적는다.

이 모든 일 역시 수영장에서 시작되었다. 주차장에 차를 세워두고 수영장에 들어서려는데, 건물 입구 쪽에 119 구조대원들이 모여 있는 것이 보였다. 무슨 일이 있나 해서 가서 보려는데 구조대원들이 철수 준비 중이었다. "그 고양이는 도저히 꺼낼 수 없어"라는 얘기를 들었다. 구조대원들이 모여 있었던 자리에 가보았다. 사각형 금속 구조물이 덮여 있는, 길에서 흔히 볼 수 있는 배수구였다.

배수구 아래 공간에 일회용 용기가 놓여 있는 것으로 보아, 누군가가 먹을 것을 넣어주었던 모양이다. 아마도 그 사람이 119에 도움을 요청했을 것이다. 내가 그곳에서 계속 아래를 내려다보고 있으니 동네 주민분이 나와서 내막을 알려주었다.

며칠 전부터 배수구 안쪽에서 고양이 울음소리가 들렸다. 어떻게 그 안에 들어갔는지는 모르겠지만 배수구 위 철 구조물 때문에 밖으로 나올 수는 없고 하수관 안에 갇힌 상태였다. 고양이가 있는 곳은 비가 오면 빗물이 모여 있다가 하수관으로 배수되는 구조물로, 사각형 철제 뚜껑으로 덮여 있고 빗물이 흘러들어 가는 구조물이다. 보통 고양이를 구조할 때는 직사각형의 긴 통덫을 이용하는데, 이곳은 배수로 내부 공간이 좁아 119 구조대원들이 통덫을 넣을 수 없었기 때문에 그냥 철수한 것이다.

마침 근처를 지나던 수영장 주차장 관리자가 또 다른 정보를 주었다. 수영장 근처에서 새끼를 낳은 어미 고양이가 새끼들을 데리고 근처를 돌아다녔었는데, 2층 주차장 하수구 한 군데에 새끼한 마리가 빠졌다고 했다. 하필 그 하수관이 한 층 아래 하수관으로 수직으로 낙하하는 구조라 현재 고양이가 그곳에 있는 것 같다고 했다. 그분의 말이 맞다면 그 고양이는 다시 나올 수 없는 하수관 덫에 갇혀 있는 것이다. 하수관의 반대편은 또 다른 수직 낭떠

러지거나 뭔가에 막혔는지 그쪽으로는 나갈 수 없고, 고양이가 바깥으로 나올 수 있는 유일한 길은 119 구조대원들이 모여 있었던 금속 격자형 덮개가 있는 상자 모양의 배수로였다. 하지만 낯선 곳으로 나오기가 무서워 하수구 밖으로 나올 엄두를 못 내고 있었고, 또 나온다고 해도 강철 덮개가 덮여 있어 밖으로 나올 수 없을 것이다.

며칠간 다른 새끼들을 데리고 어미 고양이가 배수 상자 입구에서 울고 있었다는데, 이제는 지쳐서 떠났는지 그 어미 고양이 일행은 찾을 수가 없었다.

대략적인 상황 파악을 마치고 어떻게든 그 고양이를 구해야겠다고 마음먹었다. 구조할 길이 없다고 걱정하는 아주머니에게 앞으로는 내가 매일 수영장에 오니까 그 고양이에게 적절한 사료를 주면서 구조를 시도해보겠다고 말했다.

우선 고양이에게 맞는 음식 공급이 중요했다. 병원에 가서 밥그릇과 어린 고양이용 사료, 물을 챙겨 와서 배수구 아래로 넣어 주고 구조 방법을 생각해보기로 했다.

다행히도 그 고양이는 아무도 보지 않을 때 살금살금 나와 넣어준 사료와 물을 꼬박꼬박 잘 먹고 있었다. 동굴 같은 하수관 안에 갇혀 있어 동글이라 이름도 붙여주었다.

그 고양이가 바깥으로 나오는 가장 쉬운 방법은 스스로 배수구를 통해 밖으로 올라오는 것이었다. 그러려면 배수구 뚜껑을 열어놓아야 하는데, 잘못하면 빠지거나 다칠 수 있으니, 시설을 관리하는 곳에서 허락해줄 것 같지 않았다.

설사 허락한다고 해도 그 아이가 그곳에서 스스로 나올 마음을 먹을지, 나오려 한다고 해도 그 높은 턱을 어린 고양이가 올라올 수 있을지도 모르는 일이었다.

그래도 다른 방법이 없었기에 우선 그 방법을 시도해보기로 했다. 수영장 시설 담당자 분에게 사정을 말하고 배수구 뚜껑을 열어놔 주실 수 있도록 부탁의 말씀을 드렸다. 그분은 흔쾌히 승낙을 했고, 어린 고양이가 딛고 올라올 수 있도록 판자로 발판도 만들어주었다.

꼼짝없이 배수구 속에 갇힌 아기 고양이.

드디어 배수구 뚜껑이 열렸다. 주변에 울타리를 둘러쳐서 지나는 사람이 빠지지 않도록 했다. 위로 올라올 수 있도록 직접 만든 발판도 넣어주었다. 모든 준비가 끝났다. 이제는 조용히 주위를 물리고 기다리는 일만 남았다.

그날 밤 야심한 시각, 어미 고양이와 형제들이 살금살금 배수로 상자 입구로 다가와 낮은 소리로 동글이를 부르고, 겁에 질려 움츠려 있던 동글이가 조금씩 하수관 입구로 나와 용기를 내 나무판자 발판을 기어오르는, 그래서 땅 위로 올라와 엄마와 형제들과 극적으로 다시 만나는 장면을 상상하며 잠이 들었다.

다음 날 아침, 판자 옆에 사료와 물을 먹은 흔적이 있었다. 고양이가 판자를 딛고 세상으로 올라온 것이다! 배수로 상자 뚜껑은 덮였고, 주변을 둘러쳤던 울타리도 치워졌다.

분명히 고양이가 무사히 나왔을 것이라고 생각했지만 뭔가 찜찜한 기분이 들었다. 너무 쉽게 끝났다는 생각. 혹시나 해서 배수로 상자 뚜껑을 잠깐 들어올리고 몸을 굽혀 하수관 안으로 핸드폰을 넣어 플래시를 터뜨리며 사진을 찍어보았다.

저 멀리 어둠 속에서 빛나는 두 개의 눈빛. 그 아이는 사료만 먹고 하수관으로 돌아온 것이었다.

이럴 수가… 첫 번째 시도는 실패했다.

1차 구조 실패 후 하수관
멀리서 보이는 동글이의 반짝이는 눈.

비루한
가방을
위한 변명 2

그 후에도 나는 동글이에게 매일 사료와 물을 가져다주었다. 그리고 수영장 측에 부탁해 배수로 상자 덮개를 열어놓는 일을 반복했다. 하지만 동글이는 야심한 시간에 잠깐 하수관 밖으로 나와 사료만 먹고 들어갈 뿐, 열어 놓은 뚜껑을 통해 바깥세상으로 나올 생각은 하지 않고 있었다.

이 아이가 있는 하수관은 빗물 배수로에 연결된 것으로 비가 오면 배수로에 고인 물이 하수관을 통해 배수가 되는 목적으로 설치된 구조물이다. 즉, 비가 오면 하수관에 물이 들어차서 흐른다는 뜻이다. 큰 비가 오기 전에 동글이를 구하지 않으면 동글이가 죽을 수 있는 상황이었다.

슬픈 예감은 틀리지 않는다고 했던가! 장마를 바로 앞두고 비가 오기 시작했다. 하수관 안에 있던 어린 고양이가 바들바들 떨면서 피할 곳을 찾다가 물에 빠져 허우적거리는 장면이 자꾸 떠올랐다. 큰 비가 오기 전에, 아이를 구해야 했다.

그런데 아무리 생각해도 동글이를 꺼낼 방법이 떠오르지 않았다. 보통 동물이 위기에 처했을 때 119나 동물구조단체에 도움을 요청하는데, 그런 곳에서도 구조가 안 된다고 포기했다는 것이 묘한 유혹(?)으로 다가왔다. 어차피 안 되는 일이고, 이게 그 아이의 운명이라고. 하지만 한편으로는 이 고양이가 내 눈에 들어오고 내가 관심을 가지게 된 데는 이유가 있지 않았을까? 하는 생각이 들었다. 구조에 실패하더라도 이 아이를 구하려고 노력하는 것이 내 역할이라고 여겨졌다.

장마가 가까워질수록 잠 못 드는 밤이 많아지고, 한밤중에 수영장 앞에 가서 몰래 뚜껑을 열어놓고 지켜보는 날이 늘어났다. 그래도 동글이는 나오지 않았고, 발작적으로 머리를 쥐어뜯으며 고민하는 날이 계속되었다. 매일 수영장에 가기 때문에 샤워를 하면서도 어떻게 하면 동글이를 꺼낼 것인가 고민했다. 마음이 조급하니까 샤워 꼭지에서 나오는 물줄기가 장맛비처럼 느껴졌다.

그러다 샤워장 한편에 놓인 쓰레기통과 내 낡은 수영 가방을 보고 아이디어가 떠올랐다.

'아, 이게 되면 동글이가 살 수 있겠다.'

'아르키메데스! 유레카!'

수영장 샤워장에는 두세 개 정도의 쓰레기통이 있는데, 흔히 볼 수 있는, 뚜껑 없는 원통형의 길쭉한 쓰레기통이다. 그리고 내가 들고 다니는 수영 가방은 다른 사람들이 흔히 들고 다니는 것과는 많이 다르다. 그냥 낡은 천으로 된 주머니에 끈으로 조여 입구를 여닫을 수 있는 복조리형 가방이다.

여기서 잠깐, 내 얘기를 들은 사람들이 거기에 왜 방송에 나오는 것 같은 덫을 설치하지 못하냐고들 물어보는데, 통덫이 일정 크기 이하로 작으면 덫의 입구가 닫히는 순간, 동물들이 문 쪽으로 도망가려고 뛰어나가다가 문에 끼어 크게 다치거나 문이 완전히 닫히기 전에 도망칠 수 있기 때문에 통덫은 보통 좁고 긴 구조로 되어 있다. 그런데 배수관의 공간이 덫을 놓기에 좁아서 안전하게 고양이를 구조할 별도의 장치가 필요했던 것이다.

갑자기 떠오른 생각은 이랬다. 먼저 쓰레기통의 바닥을 잘라낸다. 그러면 쓰레기통은 끝이 좁아지는 원통형 관이 된다. 수영복 가방은 아랫단을 자른다. 이걸로 재료 준비가 끝났으니 이제 장치(?)를 만들 차례다. 둘을 합치면 되는데, 원통형 바닥 쪽에 수영복 가방의 끈으로 조여지는 부분을 연결한다. 이 장치(?)를 배수관에 꽂아 넣고, 박힌 부분에 연결된 끈을 당기면 좁아져서 출입구를 닫을 수 있을 것 같았다. 덫이 되는 것이다.

배수로 공간이 좁아서 덫을 넣지 못하니까, 그 공간 전체를 덫으로 활용하고 쓰레기통과 수영 가방으로 덫의 입구 역할을 할 장치를 만들어서 박아 넣으면 어떨까 하는 '몹시 단순하고도 몹시 복잡한 생각'이 떠올랐던 것이다.

끈을 길게 늘어뜨려서 기다리다가 고양이가 사료를 먹으러 나온 순간 줄을 당겨 입구를 오므려 닫을 수 있다면, 놀란 고양이는 분명히 배수관으로 돌아가려고 자신이 지나온 쓰레기통으로 뛰어들어갈 것이다. 그때 빨리 철제 덮개를 들어내고 쓰레기통 안에 있는 고양이를 잡으면 될 것 같았다. 말도 안 되는 생각인 것도 같았지만 잘하면 될 것도 같은 방법이었다. 그리고 이 방법 말고 다른 방법도 없는 상황이었다.

다음 날, 생각보다 쉽게 필요한 쓰레기통을 찾을 수 있었다. 끈으로 조여지는 입구는 병원에서 쓰던 원통형 붕대를 꿰매어서 만들었다. 쓰레기통과 끈 달린 주머니를 모방해서 만든 '커스터마이즈드 덫의 프로토타입'을 들고 가서 하수관에 설치해보았다. 디테일을 보완할 곳이 좀 있었지만 나름 하수관에 꼭 들어맞았다. 뭔가 될 것 같았다.

이 덫으로 고양이를 잡으려면 신중하게 작전을 세워야 했다. 고양이는 조심성이 많은 동물이라서 서둘러 잡으려고 하다가 영영 잡지 못할 가능성이 있다. 우선 통덫 주머니 부분에 끈을 끼우지 않고 주머니 부분을 넓게 벌린 채로 덫을 꽂아 넣기만 했다.

동글이에게는 밥을 먹으러 가는 길에 낯선 터널이 생긴 것이다. 처음 며칠은 경계하면서 굶었지만 며칠 후부터는 조심스럽게 터널을 지나가기 시작했고, 드디어 의심을 풀고 평소처럼 밥을 먹으러 다니곤 했다.

비가 왔다. 마음은 급했지만 참아야 했다. 상대는 고양이니까.

덫의 입구는 조여지지 않도록 잘 벌려 놓고 끈을 사료가 있는 배수구 쪽으로 잘 모아 정리해두었다. D-day에 이 줄 끝을 잡고 기다렸다가 타이밍을 놓치지 않고 잡아당길 것이다.

완성된 덫을 설치하고 또 며칠은 의심을 풀도록 아무것도 하지 않고 사료만 가져다주었다. 뭔가 달라진 것을 의심하던 동글이는 이내 새 구조물에도 적응해서 안심하고 통덫을 지나 사료를 먹으러 다니기 시작했다.

흐린 날이 많아졌기 때문에 준비를 마쳐야 했다. 매일 주던 사료를 주지 않고 그릇에 물만 주고 철수했다. D-day에는 특별히 맛있는 간식과 사료를 주면서 기다렸다가, 사료를 먹으러 쓰레기통을 지나 배수구 공간으로 나와 음식을 먹고 있을 때, 줄을 당길 계획이었다.

언제 구조를 해야 할지가 관건이었다. 아무래도 줄을 당기고 달려가야 하기 때문에, 오래 굶긴 후 의심 없이 허겁지겁 음식을 먹을 때가 좋을 것이다. 그렇지만 어린 고양이를 오래 굶게 할 수 없어 시점을 잡는 고민이 있었다. 하지만 고민은 오래가지 않았다.

덫을 설치하고 다음 날, 천기가 심상치 않았다. 흐리다 개다를 반복하고 바람이 지나가는 것을 보니 큰 비가 올 것 같았다. 이제 고민의 시간은 끝났다. 진료를 접고 조 선생님과 함께 담요, 이동장, 거울 등 나름의 장비(?)를 들고 수영장으로 뛰어올라갔다.

배수로의 강철 뚜껑을 열어 줄을 꺼내고 10m 정도 떨어진 곳까지 줄을 늘여서 펼쳐 두었다. 떨어진 곳에서 대기하며 동글이가

구조 장비를 준비해
동글이를 기다리는 중.

음식을 먹으러 나왔는지 살펴보기 위해 철물점에서 파는 볼록거울을 배수구 가장자리에 세워 두고 관찰하기로 했다.

마지막으로 다시 철제 덮개를 열고 동글이가 좋아하는 향이 진한 캔을 '딱' 소리가 나게 뜯어 그릇에 담아두고 덮개를 덮었다. 평소에 가끔 캔을 줄 때 일부러 '딱' 소리가 크게 들리도록 했기 때문에 이 소리만 듣고도 아마 동글이의 입에는 침이 고이고 캔을 먹을 준비가 되었을 것이다.

10m쯤 떨어진 곳에서 줄 끝을 잡고 서서 볼록거울을 통해 반사된 배수로 안을 바라보며 동글이가 나오기를 기다렸다. 사방이 조용하고 새소리가 유난히 크게 들렸다.

침도 크게 삼키지 못하고 볼록거울만 주시하던 그때, 볼록거울에 뭔가 살금살금 움직이는 것이 반사되어 보였다.

동글이였다! 분명히 다른 때와 다른 것을 고양이의 본능으로 감지했을 텐데, 배고픔을 이기지 못하고 쓰레기통으로 만든 덫을 지나서 나온 것이다. '어서 먹어라… 제발.' 찰나의 순간이 무척이나 길게 느껴졌다. 치와와를 향해서 점프할 때처럼.

또다시 단 한 번의 기회만 허락된 순간이었다. 드디어! '획' 소리와 함께 줄을 잡아채면서 배수로 뚜껑 쪽으로 달려들었다. 줄을 당긴 채로 허겁지겁 배수로 뚜껑을 열면서 배수로 안 공간을 내려다보니 고양이는 보이지 않았다. 하수관 안으로 재빨리 도망쳤으면 어떡하나 하는 걱정도 들었다. 담요로 쓰레기통 덫의 출구를 막으면서 안으로 손을 집어넣었다. 손끝에 버둥거리는 고양이의 움직임이 느껴졌고, 마침내 그 녀석을 잡을 수 있게 되었다. 하지만 줄과 고양이가 범벅이 되어서 엉켜 있는 통에 줄을 풀지 못해 고양이를 꺼내는 일이 너무 어려웠다. 줄을 푸는 과정에서 고양이의 목숨 건 반격에 손등을 물렸지만 손이 아픈 것보다 어떻게든 손끝에 잡은 고양이를 놓치지 않겠다는 생각뿐이었다.

다행히 줄이 풀리고 담요로 감싼 고양이를 들어올려서 이동장 안에 넣었다. 동글이를 구조하다니, 믿기지 않았다. 맥이 풀려 잠시 주저앉아 숨을 돌렸다. 정신을 차려 보니 무사히 구조된 고양이가 내 눈앞에 있었다. 깜찍하고 귀여운 여자아이였다.

병원으로 데려와 살펴보니 동글이의 건강 상태는 다행히도 그리 나쁘지 않았다. 하지만 하수관 안에서 극도의 공포 속에서 살다가 갑자기 '강제 구출'된 직후라 모든 것을 경계하고 모든 것에 화를 내는 상태였다. 고심 끝에 케이지의 입구를 담요로 가리고 동글이가 어두운 데서 조용히 있을 수 있도록 해주었다. 아직 시간이 필요하겠지만 동글이는 곧 마음을 열고 우리에게 다가올 것이다.

동글이를 구조하고 오래 지나지 않아 본격적인 장마가 시작되었다. 병원 안에서 유리창 너머로 쏟아지는 장대비와 콸콸 흘러드는 진흙물에 잠겨 있는 거리의 배수구를 바라보며 커피 한 잔을 마셨다.

사실 당시의 그 가방과 지금 내가 메고 다니는 가방은 비슷해 보이지만 다른 가방이다. 구조에 쓰였던 가방은 동네 문방구에서 팔던 싸구려 실내화 주머니였다. 동글이를 구조한 후 그 가방에게 '생명을 구하는 데 영감을 준 너의 공을 기리며 절대 잊지 않으마' 라고 다짐했었다. 그래서 매번 가방이 낡아 못쓰게 되면 원형의 가방과 똑같은 모양으로 상당한(?) 비용 혹은 공을 들여 새로 제작해 똑같은 가방을 들고 다녔다. 심지어 지금 쓰는 가방은 사촌동생이 내 의뢰를 받아 한 땀 한 땀 손바느질로 만들어준 것이다.

그런데 세월이 지나다 보니 내가 왜 그 가방만 고집하며 들고 다니는지도 잊고 지내고 있었다. 급기야 사람들의 얘기를 듣고 가방을 바꿀 생각까지 하기에 이른 것이다.

내 가방은 비루하지만 어느 순간에는 소중한 생명을 구했던 빛나는 가방이었습니다. 그리고 샤워장 구석에 굴러다니는 쓰레기통도 때로는 소중한 생명을 구하는 데 큰 역할을 했다는 점도 이 글을 통해서 알려드립니다.

생명을 구한 수영장 천가방과 쓰레기통.

배수구에서 구조된 동글이.

그래서 우리가
매일매일이
즐거운 거군요

상자 속
강아지

'얄밉게 떠난 님아~ 얄밉게 떠나안 님아~~'

'내 청춘 내 순정을 짓밟아놓고, 얄밉게 떠나안 님아~~'

구성진 뽕짝 멜로디가 흘러나온다. 요즘 인기 있다는 현대화
된 트로트도 아니고, 그나마 더 익숙한 나훈아 님의 버전도 아닌
1969년에 발표된 가수 도성 님의 오리지널 버전으로 〈사랑의 배신
자〉가 흘러나오고 있었다.

엄중한 코로나19 시국에 정부가 권장하는 '사회적 거리 두기'
에 충실한 것이 우선이라고 생각했다. 사실 약간 귀찮은 것도 있었
고. 하지만 김 부장님의 성화도 심하고, 병원에 온 친구가 너무 늙
어 보인다면서 "야, 너 그래도 손님 대하는 직업인데 남들처럼 성형
은 못해도 이발은 좀 해라. 보기 흉하다"는 핀잔을 듣고 묵혔던 머
리를 자르러 단골(가뭄에 콩 나듯 가지만 그래도 단골인) 헤어숍에 왔
다. 평소처럼 예약은 하지 않았고 머리를 조금 자르러 왔다고 하니

스태프분이 자리를 안내해주었다.

들어올 때 보니 코로나 시국이라 그런지 헤어숍에는 여성 손님 한 명만 있었는데, 내가 앉은 곳은 그분과 거울을 가운데 두고 마주 앉는 자리였다. 디자이너분을 기다리고 있었는데 갑자기 배경 음악이 멈추더니 정말 뜬금없는 음악이 흘러나오기 시작했다. (평소에는 나오지 않던 장르라서 그저 많이 놀랐다는 표현입니다.)

'얄밉게 떠난 님아~ 얄밉게 떠나안 님아~~'
'내 청춘 내 순정을 짓밟아놓고, 얄밉게 떠나안 님아~~'
'배신자여~ 배신자여~ 사랑에 배애애시인자아여~~~'

평소와 너무 다른 음악 선곡에 약간 당황스러웠지만 그냥 우연이라고 생각했다. 이게 어인 뽕짝이란 말인가? 그런데 갑자기 건너편 여성이 짜증이 잔뜩 섞인 목소리로 "여기 음악 좀 바꿔주세요!" 하고는 이어서 "아이참" 하고 혀를 차는데… 나는 보고야 말았다. 그분 뒤편 벽에 걸린 거울을 통해서 그분이 내가 앉은 쪽을 보며 짜증을 내는 것을.

'내가 틀어달라고 한 것이 아닌데……. 제가 나이는 좀 많지만 사실 트로트는 잘 몰라요. 제가 아/니/라/고/요!'

억울함이 가슴에 극도로 사무칠 무렵 헤어 스타일링을 마쳤다. 미용실 건물을 나서면서 그 여성이 있는 2층을 향해 소심하게 중얼

117

거렸다.

"나 뽕짝 모르고 사실 콜드플레이 좋아하는데… 우쒸……."

♥

갑자기 김 부장님께서 숨 넘어가는 소리로 나와보라 한다.

"원장님, 빨리 나와보세요!"

"무슨 일인데, 나 지금 뭐 해!"

"아니에요. 빨리 나와보세요. 이거 꼭 봐야 해요."

살짝 짜증이 났지만 하늘 같은 심 부장님의 명을 거스를 수 없어서 카운터로 나갔다.

"이거 TV 봐야 해요. 아마 깜짝 놀랄걸요."

"뭔데……?"

TV를 보니 얼마 전 절찬리에 방송되었다는 트로트 경연대회 출신 가수가 출연한 다큐멘터리 프로그램이었다.

"뭐야, 이거 보라고? 나 트로트 안 좋아한다고 말했잖아. 며칠 전에 트로트 때문에 마상 입었다고 했잖아. 나한테 왜 이러세요. 난 콜/드/플/레/이, 좋/아/한/다/고!"

에어 버니(허공에 토끼귀 모양을 하는 것) 따옴표 제스처와 함께 가슴속에 사무치는 말을 마치고 진료실로 돌아가려다가, 화면 속에 나오는 그분의 모습과 이어서 나오는 한 강아지를 보고 내 주변의 모든 것이 정지했다.

♥

늦깎이 대학생이 되어 수의대를 다니던 시절. 그날은 공중보건학 시험이 있는 날이었다. 언제나처럼 시험 준비가 제대로 안 되어 있었기 때문에 병원 근로 학생 활동과 수업 사이 시간에 어떻게든 초치기로 시험 준비를 해내야겠다는 말도 안 되는 계획을 세우고 그 계획을 되뇌며 초긴장 상태로 학교에 가고 있었다.

학교가 가까워지면서 빨리 동물병원부터 들러야겠구나 하고 뛰어가려는데 멀리 '동물병원'이라는 명패가 붙어 있는 기둥 아래 큰 상자 하나가 놓여 있었다.

수의대 동물병원 앞에 버려진 박스.

뭔가 비참한 상태의 버림받은 동물이 들어 있을 것 같은, 구체적인 직감이 들어서 "아닐 거야, 아닐 거야"를 되뇌면서도 카메라를 꺼내 들고 멀리서 사진을 한 장 찍으면서 다가갔다.

크게 숨을 한번 쉬고 떨리는 마음으로 상자를 열었다. 상자 안에는 종류를 알 수 없는 강아지 한 마리가 들어 있었다. 강아지 머리에는 뭔가에 그을린 듯한 상처가 있었고, 오른쪽 다리에는 알 수 없는 (줄에 감겼던 것 같은 자국이 있는) 썩어가는 상처가 있었다. 왼쪽 다리의 허연 뼈가 그대로 드러나 있는 처참한 상태의 강아지가 고통과 두려움에 바들바들 떨면서 나를 올려다보고 있었다.

처참한 상태의 강아지가
나를 올려다보고 있었다.

그 강아지를 보는 순간, 모든 것들이 충격으로 무너져 내리는 느낌이 들었다. 오늘 있을 시험, 대출 이자와 생계에 얽힌 걱정들, 학교에서의 갈등……

너무 처참하고 끔찍했다. 아무것도 할 수 없었다. 당장 이 아이를 위해 뭔가를 해야만 한다는 생각이 들었다. 하지만 수의대에 다니고 있었으나 아는 것은 하나도 없었다.

빚을 내서 겨우 학교를 다니고 있는 형편이라, 학교 병원에 치료를 의뢰할 수도 없었다. 그렇다고 그냥 두고 갈 수도 없는 상황이었다. 멍한 상태로 나도 같이 떨고 있었다.

나 혼자 힘으로는 감당할 수 없다고 생각했지만 언제까지 이러고만 있을 수는 없었다. 강아지가 들어 있는 상자를 안고 학교 안으로 들어왔다. 학교 병원 관계자 몇몇 분들에게 혹시 이 강아지를 치료해주실 수 있는지 여쭤보았지만 나서는 분은 없었다. 대학교 부속 동물병원 앞에 버려진 것을 보면 누군가 그래도 거기 버리면 치료라도 받겠거니 하는 일말의 희망을 갖고 버린 것일 수도 있는데……. (물론 버린 것은 결코 용납할 수 없는 행위이지만 말이다.)

하필 운이 없게도 이 아이는 그 학교 동물병원에서 가장 낮고 능력 없는 '병돌이'에게 발견되었던 것이다. 아무리 돌아다녀도 이 아이를 치료받게 할 방법은 없었다. 하는 수 없이 염치 불구하고 내가 회원으로 있는 동물보호단체인 '동물자유연대' 회장님께 전화를 드렸다.

강아지의 상황을 설명하기 시작하자 눈물이 나기 시작했다. 우는 목소리의 내 얘기가 미처 끝나기 전에 수화기 너머에서 그분의 목소리가 들렸다.

"아이가 사는 게 급하니까, 빨리 입원을 시켜주세요. 돈은 얼마가 들어도 좋으니 어서 치료를 받도록 해주세요."

느낌에 단체 차원이 아니라 그분의 사비로 치료비를 부담하려는 것 같았다. 나는 주체할 수 없는 눈물을 흘리면서 시험 따위는 다 잊어버리고 아픈 강아지가 들어 있는 상자를 안고 서둘러 동물병원의 문을 열고 들어갔다.

병돌이가 아닌, 그 강아지의 보호자로서.

얄밉게
떠난 님아

　강아지가 들어 있는 상자를 든 채 병원 접수대 앞에 섰다. 나를 처다보는 원무과 선생님에게 "도와주시는 분이 계셔서 치료를 받을 수 있게 되었습니다"라고 말씀드렸다. 강아지의 이름을 적는 란에는 '밤톨이'라고 적어 넣었다. 접수를 시키고 나서 진료를 위해 밤톨이를 상자에서 꺼내야 했다. 당연히 강아지의 보호자가 그 강아지를 상자에서 꺼내야만 하지만 나는 고작 1시간 차 명목상 보호자일 뿐이라서 선뜻 상자에서 꺼낼 수가 없었다. 손을 대려고 하자 낮게 경계하며 으르렁거리는 밤톨이에게 눈을 바라보며 간곡하게 사정을 했다.

　"제발, 내가 널 안아서 꺼내게 해줘."

　"네가 날 믿고 내게 몸을 맡겨야만 널 살려줄 수 있단다."

　"제발……."

　순간, 거짓말처럼 밤톨이의 눈이 부드러워졌고, 내 손길을 거부하지 않고 상자에서 꺼내 자신을 안는 것을 허락했다.

선생님들께서 검사를 진행했다. 옆에서 지켜본 그 아이의 상태는 너무 처참했다. 왼쪽 앞발은 팔꿈치 아래로 뼈만 남아 있었고, 오른쪽 앞다리는 피부가 다 썩어 죽은 상태로 너덜거리면서 다리를 덮고 있는 상태였다. 대체 어떤 일을 겪었던 걸까? 밤톨이는 곁에서 지켜보기에 안쓰러울 정도로 많이 불안해하고 있었다.

치료 계획이 잡혔다. 뼈가 드러나서 오래 지난 것 같은 왼쪽 앞다리는 절단하고, 오른쪽 앞다리는 부패한 피부를 제거하고, 상황에 따라 추가 수술을 진행하기로 설명을 들었다. 밤톨이는 돈을 내는 환자 자격으로 집중치료실 한 칸에 당당하게 자리할 수 있었고, 나는 그 집중치료실을 청소하는 근로 학생이자 밤톨이 보호자로 병원 생활을 하게 되었다.

그동안 병원 생활을 하면서도 수술실은 마음대로 들어갈 수 없었다. 아주 가끔 운 좋게 수술을 참관할 기회가 있더라도 수술대에서 멀리 떨어진 수술실 구석에서 주눅 든 마음으로 서 있는 것이 전부였다. 그 자리에서 수술 장면은 보이지 않고 외과 스태프분들의 등만 보였지만 수술을 못 본다는 불만보다 관계자분들이 배려해주셔서 수술실이라는 공간에 들어올 수 있음에 감사한 마음으로 두손을 마주 잡고 계속 서 있었다. 그러나 밤톨이의 수술이 있는 날은 밤톨이 덕분에 주눅 들지 않고 수술실에 들어갈 수 있었다. 외과 선생님들은 수술 장면이 가장 잘 보이는 수술대 옆에 서 있도록 배려해주셨다. 가슴이 벅찼지만 슬픈 수술이 진행될 예정이어서 가슴 한편이 아린 순간이었다. 살아남기 위해서 밤톨이는 왼쪽 앞다리를 잃었고, 오른쪽 다리는 피부가 없는 상태가 되었다.

밤톨이를 발견했던 날에 있었던 공중보건학 시험은 완전히 망쳤지만 천만다행으로 F학점을 받지는 않았다. 수술 후 매일 밤톨이의 피부가 없는 다리 상처의 소독과 드레싱을 해주었다.

다행히도 밤톨이는 점점 나를 의지하게 되었다. 나를 주인으로, 집중치료실을 집이라고 생각하는 것 같았다. 다리 하나를 잃은 것은 아쉬웠지만 치료가 잘되어 피부가 벗겨진 오른쪽 다리도 잘 아물기 시작했고, 세 다리로 다니는 것에도 금방 적응했다.

수술 후 집중치료실에서
회복 중인 밤톨이.

아침에 병원에 가면 재빨리 청소와 할 일을 끝내고 밤톨이를 산책시켜 주어야 했다. 밤새 나를 기다리다가 내가 청소를 끝낼 무렵이 되면 빨리 꺼내라고 온몸으로 보채기 때문에 병원 출근을 더 빨리 해야 했다. 산책을 나가면 세 발로도 날듯 뛰어다녀서 내가 따라가는 것이 힘들 지경이었다.

이제 밤톨이에게 학교 동물병원은 집이고, 수의대 주위 잔디밭은 자신의 전용 정원이었다. 안정을 찾고 편안한 모습으로 학교를 까불며 뛰어다니는 밤톨이를 보면서 이곳에 이 아이가 버려졌었다는 사실이 믿기지 않았다.

평온한 날의 연속이다. 밤톨이의 활동 반경은 점점 넓어져서 수의대 안에 있는 과제 도서실에 함께 데려가 공부하는 날도 자주 있었다.

밤톨이의 병원비는 꽤 많이 나왔지만 학교에서도 사정을 많이 감안해주었다. 동물자유연대에서는 단체 차원에서 치료비를 지원해주시기로 했다. 뭐 하나 도와드린 것도 없이 이후에도 계속 동물자유연대의 도움을 받아왔다.

그 후로도 밤톨이의 대학 생활(?)은 꽤 오래 계속되었다. 몸은 다 나았지만 갈 곳이 없었기 때문이다. 병원 근로 학생 신분으로 치료가 끝난 강아지를 계속 집중치료실에 있게 하는 것이 점점 눈치가 보이기 시작했다.

밤톨이의 몸이 나아진 이후로 계속 입양처를 찾아보았지만 장

세 다리로 수의대 곳곳을
마음껏 뛰어다니는 밤톨이.

애가 있는 중형 믹스견의 입양처를 찾는 것은 쉽지 않았다. 이런 상황을 아는지 모르는지 밤톨이는 씩씩하게 학교 생활을 즐기기만 하고 있었다.

다행히도 수의학과는 다른 과보다 동물을 데리고 여기저기 다닐 수 있었기 때문에 더부살이가 그렇게 어렵지는 않았다.

그러던 어느 날, 밤톨이를 입양하겠다는 분이 있다는 소식을 들었다. 평소 유기견에게 관심을 많이 가졌던 분인데, 밤톨이의 사연을 접하고 입양을 결심했다는 것이다. 막상 입양처가 정해지니 조금은 서운하고 걱정도 들었다. 이 까칠한 성격의 강아지가 새 주인에게 적응하는 데 얼마나 스트레스를 받을까, 집에 대형견들이 많다는데 주눅이나 들지 않을까……

입양처가 없으면 어떡하나 걱정했지만 막상 입양처가 결정되었다는 소식을 들으니 마냥 기쁘지만은 않았다.

밤톨이가 입양 가는 날, 밤톨이를 안고 가서 입양자를 만났다. 아이에 대해 몇 가지 설명을 하고 까칠한 성격이라 처음에 조심스럽게 대해야 한다는 설명을 하려는 순간, 밤톨이는 입양자의 품 안에 스스로 안겨 들어갔다.

까칠한 성격 탓에 학교에서 자주 보던 분들에게도 곁을 주지 않던 아이인데, 더욱이 입양자의 품에 안겨 나는 쳐다보지도 않는 것이었다.

이런 배신자… 눈물이 핑 돌 정도로 서운했지만 참으로 다행스럽고 감사한 일이었다. 밤톨이는 그렇게 마치 옛 주인을 만난 듯 꼬리를 치며 평온하게 그분의 품에 안겨 학교를 떠났다.

♥

얼마 뒤 밤톨이 보호자가 사진을 보내주었다. 사진 속에서 밤톨이는 보호자의 팔을 베고 평온하게 낮잠을 자고 있었다. 그리고 가끔씩 보내주는 사진 속의 밤톨이는 물가에 놀러 가거나 잔디밭에서 웃으며 서 있었다. 심지어 달리기 대회에 출전한 사진도 있었다. 그 사진들 어디에서도 그 옛날 상자 안에서 바들바들 떨던 모습은 찾을 수 없었다. 한결같이 밝은 얼굴인 걸 보니 행복하게 살고 있구나 싶었다.

세월이 더 흐른 후, 내가 수의사가 되어 개원을 한 후에 딱 한 번 밤톨이가 우리 병원에 온 적이 있었다. 그때 밤톨이는 불안한 얼굴로 여느 강아지처럼 보호자에게 딱 안겨 나를 경계하며 낮게 으르렁거리고 있었다.

'나를 잊었구나……'

감개무량한 순간이었다. 많은 시간이 흘렀고 다시 밤톨이를 보지 못했다.

♥

TV 속의 얼굴은 트로트 가수 진시몬 씨와 그분의 배우자였다. 당시에는 몰랐는데 나중에 알고 보니 학교로 밤톨이를 데리러 왔던 사람이 가수 진시몬 씨의 사모님이었다. 그때 이후로 인터넷에서 진시몬 씨의 소식이 들리면 밤톨이를 떠올렸다. 그리고 학생들에게 밤톨이 얘기를 해줄 때면 진시몬 씨 얘기를 함께 해주곤 했었다. 그런데 TV에서 진시몬 씨 집이 나오고 이어 밤톨이가 화면에 나온 것이다! 순간 내 주위 모든 것이 멈추고, 밤톨이를 처음 본 순간부터의 기억이 주마등처럼 머릿속을 스쳐 지나갔다.

'이 배신자, 아직 살아 있었구나.'

많이 늙어 보였지만 여전히 편안한 모습이었다.

♥

TV를 틀어 놓고 이 글의 마무리를 하고 있다. 문득 TV에서 내가 미용실에서 들었던 노래가 흘러나왔다. 똑같은 목소리로 〈얄밉게 떠난 님아〉를 부르고 있다.

"어, 이 노래, 이 노래가 내가 헤어숍에서 들었다는 노래야. 이 노래 요즘 왜 이렇게 자주 들리지? 와, 신기한데. 밤톨이가 얄밉게 떠났다고 내게 자꾸 강조하는 건가?"

"원장님! 이거 임영웅이거든요. 뭐 알지도 못하면서… 이 노래 요즘 완전 핫한 노래야!" 김 부장님이 말했다.

"아, 그렇구나. 암튼 트로트 열풍 덕분에 밤톨이를 보게 되었네. 하하하."

동물병원에서의 하루가 시작되었다. 수술이 있는 날은 출근하자마자 그날 예정된 수술 관련 일을 하지만 수술 예약이 없는 날은 (대부분의 날에 수술이 없지만) 라디오를 틀어놓고, 오늘에야말로 공부라는 것을 해보겠다고 책을 펼친다. 하지만 금세 인터넷 가십 기사 같은 것을 흘끔거리기 시작하고, 점심식사보다 훨씬 많은 칼로리를 간식으로 섭취하면서 오전을 허비한다. 불어나는 체중 때문에 부대끼기 시작하는 몸을 느끼면서 '아, 이러다 죽을 수는 없어'라며 얼마 남지 않은 머리를 쥐어뜯으면서 괴로워하지만 또 같은 패턴을 반복한다.

어느 '오전 수술이 없는 날'. 그날도 간식 창고를 뒤져 모든 종류의 간식을 꺼내 절대 부족할 리 없는 열량 섭취를 하고 있었다. 어린 고양이를 데리고 한 손님이 왔다. 모든 아기 고양이들이 다 예

132

쁘지만 특히 더 독특하고 예쁜 고양이였다. 마음 같아서는 정말 예쁘다고 호들갑을 떨면서 콧소리를 한껏 섞은 목소리로 '애귀양~ 반가웡~' 하며 뽀뽀라도 해주고 싶었다. 그러나 다 늙고 머리 빠진 늙수그레 원장이 그런 짓을 했다가는 이상한 원장으로 소문나서 그나마 없는 병원 손님이 다 끊길 것이다. 그래서 난 항상 엄숙, 근엄, 진지, 즉 '엄근진' 애티튜드를 유지하려고 (믿기 어렵겠지만) 노력한다. 아무튼 고양이는 정말 예뻤다.

접종을 위해서 아기 고양이를 데려올 때는 보호자나 수의사나 즐겁고 기쁜 순간이다. 접종하러 왔다는 것은 고양이에게 아픈 곳이 없다는 것이고, 마침 그 아이의 인생에서 가장 예쁘고 귀여운 시기이기도 하다. 예쁘다고 칭찬을 하고 앞으로의 계획을 얘기하며 그 고양이의 생을 축복해주는 자리이다. 수의사도 보호자도 고단한 현실을 잊고 잠시 행복감을 느낄 수 있는 시간인 것이다.

그런데 보호자의 얼굴이 너무 어두웠다. 신체검사를 하고 접종을 하는 내내 우울한 표정으로 있다가 이윽고 눈물을 글썽이며 이야기를 꺼냈다.

♥

이 새끼 고양이는 원래는 평화로운 시골 마을에서 살고 있었다.

특히나 더 독특하고 예뻤던 아기 고양이.

길고양이 엄마에게 태어난 삼 남매 중 한 마리로, 엄마는 동네 사람들에게 예쁨을 받으면서 새끼를 낳았고, 행복하게 새끼를 키우면서 잘 살고 있었다.

동네 주민 대부분이 이 고양이를 예뻐했지만 유독 한 노인이 싫어해서 틈만 나면 해코지를 했는데, 어느 날 이 엄마 고양이를 집 나온 고양이라고 신고해서 관할 지자체 동물 보호소에서 엄마 고양이만 잡아가는 일이 생기고 말았다.

엄마가 잡혀간 후 길에 새끼들만 남겨지게 됐다. 동네 사람들이 엄마 잃은 새끼 고양이들을 측은하게 여겨서 입양했지만 막내 고양이만 제일 못생겼다는 이유로 길에 남게 되었다는 것이다.

"이 아이가 그 막내예요. 너무 안쓰러워서 제가 키우려고 데려온 겁니다."

"길고양이는 원래 못 잡아가지 않나요? 잘 살고 있는 길고양이를 왜 잡아가죠? 거기 가면 죽을 텐데요."

보호자는 울음을 더 참지 못했다. "맞아요. 흑흑. 그런데 그 엄마의 보호 기간이 끝나서요. 아마 엄마는 오늘 안락사됐을 거예요." 충격이 너무 커서 말문이 막혔다. 왜 잘 살고 있는 고양이를 잡아가도록 신고를 했을까. 새끼를 키우고 있는 상황을 뻔히 알면서…… 엄마는 새끼를 두고 잡혀가면서 얼마나 슬펐을까. 아마 안락사를 당했다면 죽는 순간에도 자신의 운명보다 새끼들 걱정을 더 했을 것 같았다.

보호자가 돌아가고 나서도 마음이 불편했다. 어느 곳인지 묻지도 못했지만 정말 원통하게 죽었을 그 엄마 고양이가 너무 불쌍했다. 그러다가 SNS에 아기 고양이의 사연과 내 안타까운 심경을 적었다. 엄마 고양이가 안락사되었을 수 있지만 기적이 있기를 바란다며 글을 마쳤다.

내 SNS는 팔로워나 친구 수가 적기 때문에 아기 고양이의 사연을 올릴 때 별다른 기대는 하지 않았다. 기적을 바라긴 했지만 안타까움의 표현이었고, 그냥 뭐라도 해보려 했다는 것이 맞을 것이다.

게시글을 본 몇 안 되는 이들도 같이 안타까워하고 슬퍼했다. 그런데 나도 모르는 사이에 슬픔을 표시하는 이들이 점점 늘고 있었고 글은 옮겨지고 있었다. 그러다 어떤 분이 새끼 고양이와 비슷한 고양이가 어느 보호소에 유기동물로 공고되어 있는 것을 찾아냈다. 그리고 이 고마운 분께서 보호소에 전화를 걸어 안락사시키지 말아달라고 사정을 했다고 댓글로 알려주었다.

인상착의나 입소 시기 등을 고려했을 때, 그 비운의 엄마 고양이가 맞는 것 같았다. 뛸 듯이 기뻐하며 나도 보호소에 연락을 해보았다. 직원분에게 관심을 갖는 분이 있으니 안락사를 늦춰줄 수 있는지 물어보았다. 그곳 직원분과 대화를 해보니 갑자기 여러 곳에서 연락이 오기 시작했는데, 그런 아이를 안락사를 시키는 것에 부담을 느끼는 것 같았다. 들었던 대로 안락사 대신 보호소 근처에 방사할 예정이라고 했다.

안락사가 안 될 것이라는 말을 듣고 안도했지만, 근처에 방사한다는 말을 듣고는 이내 실망했다. 영역 동물인 고양이를 낯선 곳에 방사하는 것은 그냥 죽으라고 사지에 내모는 것과 같은 일이기 때문이다. 그래서 어떻게든 입양을 하도록 노력하겠으니 안락사나 방사를 늦춰달라 간곡히 부탁했다. 공고 기간이 다 찼는데도 규정대로 바로 안락사를 시키지 않은 보호소 직원분에게 감사 인사도 잊지 않았다.

전화를 끊고 사람들에게 보호소에 더 이상 전화로 문의나 항의를 하지 말아달라고 부탁했다. 그럴 리는 없겠지만 자칫 그 고양이가 골칫덩어리로 여겨져서 빨리 처리(?)될 것을 걱정했기 때문이다.

주변 분들의 관심 덕분에
엄마 고양이를 찾게 되었다.

동물 관련 일을 하면서 느낀 점 'No.1'
언제나 거취가 문제다.

아픈 동물, 유기동물, 길고양이 등 수많은 문제 상황에서 사람들은 치료비가 가장 큰 문제일 것으로 생각하고 있지만, 내가 보기에 치료비는 어떻게든 감당되는 경우가 많았다. 모금을 하거나 후원해주실 분을 찾거나, 아니면 내 경우에는 김 부장님께 구두 이혼을 몇 번 또 당하면 되는 일이다. 문제는 거처다. 치료 후 혹은 구조 후에 '이 아이가 어디로 가느냐'가 어려운 상황에 처한 동물들에게 관심을 갖는 이들의 공통적이고 궁극적인 문제이다.

엄마 고양이의 입양처가 있는지 찾기 시작했다. 많은 분들이 관심을 가지고 있는 상황이기 때문에 입양처나 임시 보호처가 바로 생길 것 같았는데, 생각처럼 고양이를 입양하겠다는 사람은 나타나지 않았다.

'이러다 아무 곳에나 방사되면 안 되는데……'

'그럴 리는 없겠지만 혹시 다른 일을 겪는 건 아닌지……'

기적이 일어날 수 있을까. 아직까지는 희망적인 상황이지만 절망의 나락으로 떨어질 수도 있는 순간으로 시간은 점점 흐르고 있었다.

"네, 신분증, 서류, 서명… 예, 알겠습니다."

전화를 끊고 소리를 질렀다.

"김 부장님! 퀵서비스 업체 전화번호, 지금! 빨리!"

떨리는 마음으로 퀵서비스 업체에 전화를 걸었다.

"여보세요. 예, 퀵서비스 부탁드리려고요. 혹시 오토바이 말고 다마스 같은 차량도 가능한가요? 지방, 장거리입니다. …네, 그리고 정말 죄송한데요. 부탁드릴 것이 있습니다. 가시는 길에 고양이를 담을 수 있는 이동장을 하나 구입해서 가주셨으면 좋겠습니다. 비용과 수고비는 따로 드리겠습니다. 그리고 정말 죄송한데, 신분증을 꼭 가지고 가셔서… 네, 제가 사정이 있어서, 거기 가서서 고양이를 입양하시는 것이 가능할까요? …아, 데리고 오시면 바로 제가 입양할 건데요. 서류상 입양자로 서명을 해주시면… 절대 다른 일은 생기지 않구요. 제가 바로 다시 입양할 겁니다. 딱한 처지에 있는 아이를 구하는 일이라서 복잡한 수고를 부탁드리네요. 수고해주시는 비용은 꼭 따로 더 드리겠습니다."

우선 우리 병원에라도 엄마 고양이를 데려와서 임시 보호를 해야겠다고 마음먹고 온갖 감언이설로 김 부장님을 설득했다. 고양이를 꼭 우리가 데려다가 도와줘야 한다고 세뇌까지 다 마쳤다. 그런데 보호소가 멀어서 고양이를 데리러 갈 수 없었다. 만약 병원 문을 닫고 보호소에 엄마 고양이를 데리러 간다고 했다가는 그나마 설득된 김 부장님의 노여움을 사게 되어 계획 자체가 무산될 수 있었다. 고민 끝에 퀵서비스 업체에 전화를 걸어 고양이를 데려다줄 것을 부탁했다.

♥

동물 관련 일을 하면서 느낀 점 'No.2'
안타까워하기만 하면 아무 일도 안 생긴다.

인생도 그렇지만, 동물 관련 일을 하며 더욱 느끼게 된다. 아무것도 안 하고 있기보다는 '뭐라도 해야 뭐라도 된다'는 것.

♥

몇 시간 후, 거짓말처럼 그 엄마 고양이는 우리 병원에 도착했다. 보호소 생활에 지쳐 있을 만도 한데, 그 엄마 고양이는 우리 모두에게 일일이 눈인사를 해주었다. 흔한 고양이 눈인사였지만 그 엄마 고양이와 눈인사를 나누던 그 순간은 영원히 잊을 수 없는 특별한 순간이었다. 주책 맞게 눈물을 흘리면서 하루 종일 낄낄대다가 실실대기를 반복했다. 모르는 사람이 보면 '저 사람 실성했구

새끼들을 두고 잡혀간 스텔라를
극적으로 데려온 당시.

먼!' 할 정도였지만 마냥 좋았다.

"조 선생님, 우리 이 고양이 '스텔라'라고 부를까요?"

"왜요? 왜 뜬금없이 스텔라죠? 무슨 이유가 있나요?"

"이유? 있죠. 음… 이유라기보다 의미가 있죠. 후훗."

"그러세요. 어차피 원장님 마음대로 지으실 거잖아요. 크크."

그 고양이는 그렇게 우리 병원에서 스텔라로 불리게 되었다.

다행히 스텔라는 건강한 상태였다. 며칠 후 스텔라에게 예방접종을 해주었다. 스텔라의 등을 쓰다듬어주고 눈을 맞춰주었다. "스텔라, 네 새끼에게 접종을 해주면서 '혹시라도 잡혀 있다는 네 엄마에게 내가 접종을 해줄 수 있는 날이 올 수 있을까?'라고 했었는데, 거짓말처럼 그런 날이 왔구나." 주사기를 든 채 하염없이 울었다.

스텔라는 얼마 후 좋은 분을 만나 입양을 가게 되었다. 스텔라 입양자는 이어 병원에 있던 외눈박이 퓨리도 입양해 갔다. 스텔라 덕분에 퓨리도 새 집이 생긴 것이다. 스텔라와 새끼의 만남을 주선해주고 싶었는데, 새끼를 입양한 분이 시골로 내려가서 끝내 스텔라와 새끼는 다시 만나지 못했지만, 전화로 어미의 구조와 입양 소식을 알려주었다. 그분도 기쁨의 눈물을 흘렸다.

스텔라와 퓨리를 돌봐주었던 조 선생님이 둘과 이별한 것을 한동안 아쉬워했다.

"원장님, 스텔라가 입양 가고 나니까, 너무 서운하고 허전해요."

"그렇죠? 우리는 참 많은 동물들을 만나고 헤어지는 것 같아요. 정들었던 아이들과 헤어질 때면 많이 슬프기도 하지만 그럴 때마다 너무 슬퍼하지는 마세요. 병에서 회복되거나 새 가정이 생겨서 새로운 삶을 살기 위해서 좋은 곳으로 가는 거니까요. 그냥 우리는 아이들이 힘들 때, 잠시 쉬어갈 때 만난다고 생각하죠. 그게 우리의 역할이에요. 뭐랄까, 사랑은 주지만 정은 주지 않는? 말이 안 되나요? 하하하."

"뭐, 말이 되건 안 되건… 제 생각에는 말이에요. 정은 주지 마세요. 있을 때는 최선을 다해 사랑으로 돌봐주고… 물론 아이들이 떠나면 서운하겠지만, 그 아이들이 가야 또 다른 아이들을 받아줄 자리가 생기니까요. 지금은 아쉽고 서운하지만 우리에게는…… 내일은 또 내일의 고양이가 있으니까요."

"원장님, 스텔라는 참 운이 좋았던 것 같아요. 어떻게 그럴 수 있었는지… 참, 궁금한데요. 그때 퀵서비스비는 얼마나 나왔어요? 그 거리까지 가는 것도 신기했는데, 꽤 많이 나왔을 것 같아요."

"아, 그거요. 음… 비밀이에요. 안. 알. 랴. 줌! 크크크."

"원장님, 또 그런 일이 생기면 또 다마스 퀵 보내실 거예요?"

"글쎄요… 그때는 또, 그때의 답을 찾으려고 노력하겠죠. 늘 그랬듯이… 말이에요."

"We will find a way. We always have."

우리는 답을 찾을 것이다. 늘 그랬듯이.

― 영화 〈인터'스텔라'〉 중에서

"죄송하게도 초롱이는 저희 병원에서 치료가 어려울 것 같습니다. 큰 병원에서 전문적인 진료를 받으셔야 할 것 같네요. 가시는 병원에 초롱이 상태를 잘 전달해두겠습니다."

가벼운 문제였기를 바라던 보호자의 바람과 달리 초롱이의 상태는 썩 좋지 않았다.

"아, 예… 좀 부탁드립니다. 항상 부탁만 드리는데, 죄송하고 감사합니다." 그날 초롱이가 입원한 병원의 담당 선생님과 통화로 상태를 설명하고 감사 인사를 겸해서 부탁을 드렸다. 전화를 막 끊으려는데 전화기 너머에서 톤이 바뀐 목소리로 말을 잇는다.

"선생님, 저 승현입니다."

"아! 아, 네… 거기 계시다더니, 이렇게 뵙네요. 이제는 제가 의뢰를 드리는 입장이 되었네요. 초롱이 잘 부탁드립니다, 이 선생님."

만감이 교차한다는 것은 이런 기분일 것이다. 잠시 많은 생각이 떠올랐고, 이어 흐뭇한 미소가 흘러나왔다.

'내가 그럴 줄 알았다니까… 큭큭.'

수의대 편입시험을 준비하는 커뮤니티에서 알게 된 배종민 학생은 동물보호단체 봉사활동을 같이 하면서 얘기를 많이 나누게 되었다. 그날 이후 간간이 병원에 들러 시험 준비하는 얘기를 들려주기도 하고 나의 영양가 없는 조언을 듣고 가곤 했었다. 그날도 병원에 찾아와 이런저런 얘기를 나누다가,

"참, 선생님 이번에 수의학 개론 관련해서 책이 하나 나왔어요." 하며 가방에서 책을 한 권 꺼냈다.

"아, 그래요? 적당한 교재가 없어서 막막했을 텐데… 잘됐네요."

책을 받아 들고 대충 훑어보았다.

"음, 내용이 많네요. 혼자 공부하면 시간이 꽤 걸리겠는데요. 이런 부분들은 설명을 들으면 이해가 쉬울 텐데… 제가 뭘 좀 아는 게 있으면 설명이라도 해드리겠지만……."

사실 나는 동물에 대한 측은지심이 있는 배종민 학생 같은 사람이 수의대에 많이 가야 한다고 생각을 했었다.

"이거, 제가 설명해드릴 능력은 안 되지만, 음… 줄만 한번 쳐드려도 도움은 조금 될 것 같아요."

"아, 그래주실 수 있으세요? 선생님께서 줄 쳐주시면 저는 좋

죠. 도움이 많이 될 거예요."

"너무 큰 기대는 하지 마세요. 그냥 뭐라도 해드리는 시늉만 하는 거니까요."

"그럼 언제 할까요?"

'밑줄 쳐주기' 일정을 상의하는데, 종민 학생이 말을 건넸다.

"그런데 선생님, 뭔가 저만 도움을 받는 것 같아서 다른 학생에게 미안하네요."

그러고 보니 다른 몇몇 학생들의 얼굴이 떠올랐다.

"저, 종민 씨, 생각해보니까 그러네요. 한 분에게만 줄을 쳐드리면 다른 분들이 서운해하실 것 같네요."

"네, 맞아요. 다른 분들도 계신데, 저한테만 해주시는 건 좀 그래요."

"그럼 이렇게 하죠. 다른 분들에게도 이런 계획이 있다고 말씀드리고, 같이 줄만 한번 쳐드리는 자리를 만드는 거예요."

그렇게 해서 계획에 없던 '수의학 개론 시험 교재 줄 한번 쳐드리기'라는 자리가 마련되었다.

생각보다 많은 이들이 참석했다. "책이 새로 나왔다기에 들여다봤더니 내용이 많더라고요. 그래서 줄이나 한번 쳐드리려고 자리를 마련했습니다. 이 자리는 배종민 학생이 만든 자리나 마찬가지예요. 배종민 씨가 자기에게 주려던 호의를 흔쾌히 여러분과 나누고 싶어 했거든요."

다섯 시간 정도에 걸쳐 설명 한마디 없이 책 한 권의 줄만 쳐드렸다.

그날 참석했던 학생들 중 그해 수의대 입시에 합격한 이들이 꽤 많았다. (내가 뭘 알려줘서 합격한 것이 아니고, 그 자리에 참석할 정도로 적극적으로 열심히 공부하는 이들이라 합격한 것이라 믿고 있다.) 배종민 학생은 모집 정원이 한 명인 수의대에 지원했는데, 그 무시무시한 경쟁률을 뚫고, 예비 1번으로 불합격했다. (난 그렇게 생각했었다.)

세상에나 한 명 모집에 예비 1번이라니. 입시 결과를 듣고 너무 안타까웠다. 당시에 그 소식을 듣고 생판 남인 나도 며칠을 이불킥을 했었는데, 본인의 심정은 오죽했으랴.

배종민 학생의 안타까운 사연은, 바로 다음 해부터 수의학 개론 수업의 유래를 설명하면서 같이 소환되는 단골 레퍼토리가 되었다.

"여러분도 생각해보세요. 아, 얼마나 안타까워요. 예비 1번이라니."

"본인은 아마 미칠 것 같았겠죠."

"그분이 저한테는 쿨한 척하면서 괜찮다고 했지만, 아마 한동안 공부도 힘들었을 거고, 내상이 심했을 거예요. 제정신으로는 못하죠."

"세상에나! 맞아요. 한 명 뽑는데 예비 1번 했으면, 전 아마 공부 못 했을 거예요."

앞줄에서 수업을 듣던 한 학생도 고개를 절레절레 흔들며 몸서리를 친다.

'줄 쳐드리기 모임'에 참석했던 학생 중 이승현이라는 학생이 그해에 한 수의대에 합격했다. 나중에 이 학생은 가끔 병원에 들르곤 했었는데, 내게 하는 얘기나 그 학생이 내게 하는 질문을 들어보면 '정말 뛰어난 수의대생이구나'라는 생각이 들었다. 내가 아는 수의대생들이 대부분 뜻한 바가 있어 수의대에 들어간 사람들이라 입학 후에도 공부를 잘하는 편인데, 이승현 학생 역시 수의대 생활 내내 거의 1등을 했다는 소문을 들었다. 봉순이가 입원했을 당시 우리 병원에서 수의대생으로 실습을 하기도 했었다. 졸업 후 대학원에서 응급 수의학을 전공한다고 전해 들었다. 내가 모르는 사이에 수의계에서도 응급 수의학은 이제 제법 뜨는 분야가 된 것 같다. 격세지감을 느꼈다.

♥

"부산에서요?"

직장에 다니면서 수의대 입시를 준비하는 분에게 연락이 왔다. 문의할 것이 있다고 했는데, 부산에서 올라온다고 해서 놀라고 있는 중이다. 전화통화를 하고 얼마 지나지 않아서 부산에서 서울로 올라온 장지우 씨를 만나볼 수 있었다.

"선생님, 전에 수의학 개론 교재, 줄을 다 쳐주셨다고 들었어요."

"예, 그냥 제가 보이는 대로 줄만 쳐드린 거라 큰 의미는 없습니다."

"제가 꼭 수의대에 가고 싶은데 나이가 있어서 편입시험을 준비하려고 합니다. 그런데 수의학 개론 교재 공부하는 게 너무 막막해서요. 혹시 제가 부산에서 정기적으로 올라오면 그 교재로 수업을 진행해주실 수 있나요?"

나는 그분이 적지 않은 나이에도 직장을 다니면서 수의대 입시를 준비하고 있다는 사실에 놀라고, 내게 수업을 받으려고 매번 서울까지 올라오겠다는 열정에 또 놀랐다.

"그게, 제가 임상 수의사로 임상은 조금 알아도 기초 수의학은 거의 다 잊어버려서 뭘 가르쳐드릴 형편이 아닙니다."

알지 못하는 부분을 가르쳐줘야 하는 부담감에 적당히 거절을 해야겠다고 생각했다. 그래서 말을 돌리며 호시탐탐 거절의 기회를 노리고 있었다.

"그런데, 선생님 제가 뵌 김에 뭐 하나 여쭤봐도 될까요? 제 강아지들 얘기인데요."

키우고 있는 강아지들의 건강에 대해 몇 가지 물어왔다. 이분이 유기견을 입양해서 키워왔고, 지금 그 강아지들이 늙고 병든 상태라는 것을 알게 되었다. 그리고 수의대는 이분처럼 동물을 사랑하는 마음과 해내겠다는 열정을 가진 분들이 가야 한다는 생각이 들었다. 잠시 고민의 시간을 가졌다.

"제가 한 분만 도와드릴 수는 없습니다."

"그러면 제가 그룹을 만들어서 와야 하나요?"

"아니요, 그럴 필요는 없습니다. 제가 커뮤니티에 수업을 열겠다는 공지를 하겠습니다. 서울에 한 달에 한 번 오시는 것은 가능하신가요?"

"예, 가능합니다. 더 자주 올 수도 있고요."

"아니에요. 저도 한 달에 한 번 이상은 어렵습니다. 대신 제가 수업을 그냥 진행할 수는 없습니다. 한 달에 하루 제 시간을 아무 대가 없이 내드릴 수는 없고요."

"그럼요. 당연히 사례는 해드려야죠. 귀한 시간을 내주시는 건데."

"제가 수업을 해드리는 대신 돈을 받지는 않을 겁니다. 대신에 불쌍한 동물들을 위해서 노력하는 마음을… 받겠습니다."

"네? 그걸 어떻게?"

"불쌍한 동물들을 위해서 노력한 증명? 인증? 이런 걸 보내주시는 분들을 대상으로 수의학 개론 수업을 진행하려고 합니다. 유기견 보호소에서 동물을 입양하거나 길고양이를 입양해서 키우시는 분들은 해당 사항을 증명하는 사진이나 서류를 한 번만 보내주시면 계속 수업을 들으실 수 있도록 하구요."

"네……."

"다른 분들은 매달 수업을 신청하실 때, 동물보호단체 봉사활동이나, 후원금을 보낸 내역 등의 인증샷을 보내주시면 될 것 같네요. 꼭 돈을 들이실 필요는 없고요. 길고양이 사료를 주거나 물을 주는 사진을 보내셔도 됩니다."

"고양이를 기다려야 하나요? 그럼?"

"그냥, 그릇이나 컵에 물 한 잔 떠놓으신 사진도 좋습니다. 마음이 중요하니까요."

그때부터 수의대 편입을 준비하는 학생들을 대상으로 수의학 개론 수업을 진행하게 되었다. 당시에는 이런 강의가 거의 없어서 많은 학생들이 신청을 해주었다. 그중에는 원래부터 동물들을 위해 봉사활동을 하거나, 보호소와 보호단체 등을 후원하던 이들도 있었다. 그리고 단지 내 수업을 듣기 위해 처음으로 보호소에 후원을 하거나 봉사활동을 가고 길고양이에게 사료나 물을 주기 시작한 이들도 적지 않았다. 가끔씩 깊은 밤에 그분들이 보내준 인증 사진 속에서 사료나 물을 먹고 있는 고양이들 사진, 보호소 강아지들을 보며 혼자 감동받고 뿌듯해하던 기억에 아직도 가슴이 벅차오른다.

'그래, 어렵게 수의사가 되니까 이런 일도 할 수 있구나!'

지금은 학원 등에서 수의학 개론 강의를 진행하는 곳이 생겨서 인증 제도는 폐지했다. 대신 수업 시간에 수업은 뒷전으로 하고 그동안 만났던 동물들 얘기를 하면서, 나 혼자 눈물짓고 감동받는 일을 반복하고 있다.

가끔은 내 얘기를 들으면서 같이 눈물을 흘리는 학생들도 있다. 나는 그런 학생들이 많이 합격했으면 하는 바람이 있고, 실제로 그런 성정을 지닌 학생들이 많이 합격을 한다. 감사한 일이다. 실력과 열정, 사랑이 가득한 수의사가 되실 분들이다.

♥

수의학 개론 수업 시간이다. 언제나처럼 교재와 관련 없는 옛날 얘기를 하고 있다.

"음, 지금까지 말씀 드린 것이 제가 수의학 개론 수업을 시작하게 된 계기입니다. 질문에 답이 되었는지 모르겠네요."

수의학 개론 수업을 진행하는 도중에 노한나 학생이 내가 진행하는 수업의 유래를 물어보아 시작한 '수의학 개론 수업의 시작'에 대한 긴 설명을 마무리하고 있었다.

"선생님, 저도 예비 1번으로 떨어지면 정말 마음잡기 힘들 것 같아요. 수업 유래 얘기도 감동적이었구요. 저도 수의사가 되어서 꼭 어딘가 도움이 되고 싶습니다."

"예, 저도 그날이 빨리 오기를 기원합니다. 잠깐 쉬었다가 수업하겠습니다."

미리 잘
부탁
드립니다

수업 중간 쉬는 시간, 잠시 앉아 커피를 마시고 있는데 한 학생이 다가왔다.

"안녕하세요?"

내 수업을 2년째 듣는 학생인데 평소에는 열심히 집중했지만, 오늘은 얼굴빛이 좋지 않았다. 방금 수업의 유래나 아깝게 불합격한 학생들의 이야기를 모아 나름 재미있게 얘기해줬는데, 얼굴에 힘든 기색이 역력해서 '어디가 아픈가?' 하고 생각했었다. 역시 먼저 가보겠다는 얘기를 할 것 같다.

"저, 선생님······."

눈에 눈물이 가득 고인 것이 심상치 않다.

"저··· 그건, 저였어요."

"네? 무슨 말씀이신지······."

"그게 저였다구요. 그때 그 책이 나온 해에 그 학교에 예비 1번으로 떨어진 건… 저였어요."

말을 마친 그 학생은 바로 울 것 같았고, 나는 당황하기 시작했다.

"뭐라고요? 종민군이 예비 1번이 아니었나요?"

"예, 제가 예비 1번이었고, 그분은 예비 2번이었어요! 저, 떨어지고 너무 힘들었어요. 그런데, 간신히 추스르고 다 잊고 이제 다시 공부한 지 얼마 안 됐는데… 바로 제 앞에서 선생님께서 아까 그 얘기를 하시는데, 깜짝 놀라고 다시 그 기억과 제 현실이 떠올라서 지금 너무 슬프네요."

"아, 그랬어요. 너무 죄송합니다. 제가 사과드릴게요. 제 얘기 들으면서 얼마나 힘드셨겠어요."

이럴 수가… 종민군은 예비 2번이었는데 내가 뭔가 착오를 하고 실제 예비 1번 학생 앞에서 그분의 고통스러운 기억을 들춰내면서 웃고 떠들며 얘기한 것이다. 내가 그분의 상처를 후벼 파고 소금을 뿌리다니……. 그 학생에게 거듭 사과하고 그날 수업은 정신없이 진행하다 마무리했다.

몇 년의 시간이 흘렀다. "아, 그래서 어떻게 되셨어요?" 요즘에는 수업의 유래에 대한 얘기를 할 때면 그날 '상처에 소금 뿌린 실수'도 에피소드로 추가해서 학생들에게 얘기해주고 있다.

"음, 그래서 손이 발이 되게 빌었죠. 생각해봐요. 내가 안타까워서 이불킥을 했느니 그런 얘기를 들으면서 얼마나 괴로웠겠어요. 당시에는 정말 죄송했는데… 지금은 죄송하지 않아요. 전혀!"

"왜죠?"

"뭐, 지금은 시간도 지났구요. 무엇보다도… 그 학생은 다음 해에 수의대에 합격했거든요. 합격하고 나서 얼굴을 한번 봤는데 뭐, 그냥 행복한 얼굴이더라고요. 제가 전에는 정말 죄송했어요, 하고 다시 사과를 드려도 거의 듣지도 않고 그냥 폴짝폴짝 뛰면서 웃고만 다니셨어요. 행복해 보이더라고요. 사실 예비 1번이나, 2번이나 다 아깝고 대단한 거죠. 암튼, 그 배종민 학생은 그다음 해에도 다른 수의대에 진짜로 예비 1번을 했어요. 제 체면을 세워주느라 나중에라도 해낸 것일까요? 암튼 또 못 간 거죠. 저한테 '선생님, 또 제 바로 앞에서 문이 닫혔어요'라고 하더라구요. 전 또 이불킥을 마구마구 했겠죠?"

"아, 정말요? 정말 그런 일이 일어나다니!"

옆에서 듣고 있던 육지현 학생이 자기 일인 양 안타까워했다.

"그런데, 하지만 결국, 그분도 그다음 해에는 수의대에 가셨어요. 지금은 강남? 어디에서 수의사로 열심히 일하고 있다고 들었어요."

"와, 결국 가셨군요. 그분도 참 대단하세요. 다른 분들 같으면 좌절하고 포기했을 텐데요."

"그래요. 좌절하고 싶었고, 포기의 유혹이 있었겠지만, 그걸 이

기셨겠죠? 그리고 떨어지고 나면 정말 미칠 것 같고, 지하철에 뛰어들고 싶고. 그런데요, 나중에 합격하면, 그런 실패나 좌절의 기억, 고통은… 점점 기억나지 않을 정도로 작아져서, 나중에는 진짜 점 하나로도 남지 않는 것 같아요.”

“아 참, 그런데 선생님 아까 수업 초반에 강아지 '초롱이' 얘기는 왜 하셨어요? 수의학 개론 수업 유래를 얘기해주신다고 하시고는 그 강아지 얘기부터 하셨는데, 왜 그 아이 얘기를 꺼내셨는지 모르겠어요.”

“아, 그 얘기를 안 했나요? 그게 제일 중요한 얘기인데, 까먹었네요. 그럼 다시 설명드리죠. 그 초롱이 의뢰 드리고 전화 끊으려고 하는데, '저, 승현입니다' 하고 인사를 했다고 했잖아요. 그런데 그분이 글쎄, 그분이었어요. 줄만 쳐드리던 때에 수업 들으셨던 이승현 씨. 봉순이 치료할 때 우리 병원에서 실습하셨던, 매일 1등 한다던 우수한 수의대생, 그분이 대학원 마치고 임상하시다가 내가 의뢰를 드리는 큰 병원에 오신 거예요. 전에 얘기는 들었었는데 잊고 있었지. 그런데 나보다 더 뛰어난 실력을 가진 수의사가 되어서 내가 의뢰를 드리는 큰 병원에서⋯⋯.” 이 얘기를 하면서 나는 정말 신이 났다.

“수의사의 언어로 프로페셔널하게 환자 정보를 듣고 묻는 과정을 끝내고, 제가 전화를 끊는 찰나에 말한 거예요. 자기가 승현이라고. 캬! 이거 뭐 약간 드라마 같지 않아요? 아, 그때⋯ 뭔가 감동,

감격스럽고, 막 소름 돋고 그랬어요. 내 수업을 잠시나마 들었던 학생이 이제는 내가 의뢰를 드리는, 내가 부탁을 드리는 대단한 선생님이 되신 거예요. 그분께 우리 환자 잘 부탁드린다고 얘기하고 전화를 끊다가 문득 이런 생각이 들었어요. '지현 씨처럼 지금 수업을 듣는 여러분 중에도 나중에 제 환자를 의뢰받아서 살려주실 분이 계시겠구나.' 그런 생각이요.

그래서 얘긴데요. 지현 씨, 우리 환자들 미리 잘 부탁드릴게요. 지금은 암울한 수험생 시기를 보내고 있지만 반드시 훌륭한 수의사가 되셔서 많은 동물들을 도와주실 겁니다. 그때까지 힘들고 어려운 일이 많겠지만, 꼭 이겨내시기 기원합니다. 아무튼 전 미리 잘 부탁드립니다!"

어쩌다
그렇게
되었을까

'딱!'

돌이 날아가서 벽에 부딪혔다.

'픽!'

잠시 후 좀 더 큰 돌이 발에 차여서 날아갔다.

'하⋯⋯.'

걸음을 멈추고 한숨을 푹 쉬다가 하늘을 보고 몇 마디 할 수 있는 욕설을 퍼부었다. 다시 고개를 푹 수그리고 욕을 중얼거리면서 길을 걸었다. 하늘이 원망스럽고, 땅이 원망스러웠다. 다 원망스럽고 다 미웠다. 이대로는 정말 미쳐버릴 것 같았다.

♥

환자가 들어오지도 않았는데 진료실로 썩은 냄새가 먼저 스며 들어왔다. 상태가 심각한 환자가 온 것 같았는데, 냄새를 맡고 내가 느끼고 있는 위급도에 비해 진료 접수를 받는 바깥 분위기는 차분하고 조용했다. 머릿속에 느낌표와 물음표가 거의 동시에 찍혔다.

고양이 환자가 들어 있는 이동장이 진료대 위에 놓였다.

"어디가 아파서 온 아이인가요?"

"다리가 좀 불편해서요. 다리를 못 움직이는데, 욕창 같은 것이 생겼는지……."

"다리를 왜 못 움직이게 되었나요?"

"중성화 수술을 하고 갑자기 못 움직이더라고요."

"네? 그럴 리가……."

손으로는 고양이가 들어 있는 케이지 문을 열면서 머릿속으로는 중성화 수술 후 후지 마비를 일으킬 수 있는 기전을 떠올리려고 애썼다.

공부를 열심히 한 수의사라면 이럴 때 머릿속에 3D로 고양이의 모습이 떠오르고 순간적으로 가상의 OHE(Ovariohysterectomy, 자궁 난소 적출술 : 일반적인 암컷 고양이의 중성화 수술 방법)를 휘리릭 실시하면서 온갖 혈관과 신경의 흐름 속에서 후지 마비를 일으키는 원인이 될 만한 것을 체크했을 것이다.

나는 고작 'Thrombus(혈전)?' 'Trauma(충격)?' 'Infection(감염)?' 정도의 단어를 떠올리며 고양이를 꺼냈다.

숨을 쉴 수 없을 정도의 부패취와 함께 고양이 한 마리가 이동장에서 나왔다.

"아니, 이런! 언제부터 이렇게 된 거죠? 치료는 하신 건가요? ……병원에는 가보셨어요? 중성화 후 이렇게 된 게 맞나요?"

보통 진료나 처치 과정에서 놀라고 흥분한 보호자를 내가 달래고 진정시켜야 한다. 그런데 오히려 내가 이 고양이를 보자마자 보호자에게 총알 같은 질문을 퍼붓고 있었다.

보호자는 담담하고 차분하게 "얼마 전에 중성화 수술 받고 갑자기 뒷다리 양쪽을 다 못 쓰더라고요. 수술한 병원에 데려갔더니 며칠 입원을 시켜주셨는데, 원인을 잘 모르겠다고 그래서 데리고 나왔어요. 그리고 그때부터는 그냥 집에 있었어요. 다리가 뒤쪽부터 점점 썩어가기 시작했고요." 이런 경우 보호자의 말을 100% 믿기는 어렵지만 마비 상태라는 것, 다리가 썩고 있고, 곧 이 아이가 죽을 위기라는 것은 확실했다.

고양이의 상태는 너무나 처참했다. 나무토막처럼 마비된 두 뒷다리의 안쪽과 뒤쪽 부분이 다 괴사되어서 너덜거리며 열려 있었고 근육, 신경, 뼈 등이 엉덩이부터 종아리 부분까지 엉켜서 노출되어 있었다. 이 상태로 살아 있는 것이 신기할 정도였다. 분명 살아 있는 고양이였지만 그 아이의 하반신은 해부학 교재에 나오는 죽은 고양이들의 상태보다 더 처참했다.

"아니, 이 상태로 아이를… 마비는 되었다고 해도 괴사되는 것은 치료하실 수 있었을 텐데요. 병원에 데려가셨어야죠. 지금까지 놔두셨다니 수술 후에 이렇게 된 게 맞나요? 수술 후에 이렇게 되었다는 것이 납득이 가지 않지만 정말 그랬다면 그 병원에 따지시거나 하지 않으셨나요?" 보호자는 별말이 없었다.

"그냥 집에 있었어요. 점점 심해지고."

"오늘은 치료를 받으시려고 오신 건가요?"

"아니요. 그냥 너무 심해져서, 왜 이런지 알 수 있나 해서 한번 와본 거예요."

아이의 상태에 비해 보호자의 태도가 너무 모호했다. 치료 의지가 없어 보였다. 동물을 진료하면서 가장 흔하게 겪는 경우가 보호자의 치료 의지와 경제 능력이 부조화한 경우다. 즉, 치료는 시키고 싶은데 돈이 없거나, 아니면 치료는 시키고 싶고 경제력이 없지는 않지만 '그 아이에게 쓸' 돈이 없는 경우이다. 그런데 이번 경우는 사태의 급박성에 비해 보호자의 치료 의지가 너무 희박해 보였다. 경제력과 무관하게 아이를 그냥 포기하고 싶은 것 같았다. 보통 가정에서 동물을 키우다가 아이가 오래 아프고 많은 돈이 들어가는 기간이 계속된다면 순간순간 그런 생각을 할 수도 있을 것이다. 하지만 이 아이의 경우 별다른 치료도 받지 않았던 것 같은데 너무 안타까웠다.

"지금 이 아이는 빨리 손을 써도 살리기 어려울 수 있습니다."

보호자는 고개를 가로저었다.

"이 고양이한테 돈을 많이 들일 수는 없습니다. 제가 데려온 것도 아니고 우리 애가 키우는 고양인데, 계속 이 상태로 있어서 내가 데려온 거예요. 냄새가 너무 나서 집에 놔두기도 그렇고요."

보호자의 주소지가 병원에서 먼 강남인데 멀리 떨어진 우리 병원에 데려왔다는 점이 좀 이상했다. 이야기를 들어보니 보호자가 병원 인근 신축 아파트 공사 현장에서 근무하는데, 썩는 냄새가 너무 심해 집에 데리고 있지 못할 지경이 되자 고양이를 공사 현장에 데려다 놓은 것이다. 그러다 그곳에서도 너무 냄새가 심해지니까 인근 병원인 우리 병원에 한번 데려온 것 같았다.

보호자의 치료 의지와 아이의 상태로 봤을 때 아무래도 이 고양이는 살 수 없을 것 같았다. 정말 슬픈 것은 냄새가 심해졌다는 것은 계속 강조했지만 고양이가 불쌍해서, 고양이가 아플까 봐, 죽을까 봐 걱정된다는 말은 전혀 듣지 못했다는 점이다.

고양이가 불쌍했다.
고양이를 내려다보았다.
고양이는 그런 와중에도 내게 눈인사를 해주고 있었다.

간곡한
애원

고양이의 양쪽 뒷다리는 완전히 마비된 상태였다. 엉덩이 쪽과 다리의 안쪽 뒤쪽이 다 괴사된 상태라서 다리를 살리기는 어려울 것 같았다.

'도대체 마비의 원인은 뭐지?'

'마비가 되었다고 해도 어린 고양이가 괴사된 거라면 다른 원인이 또 있을 수 있을지도 몰라.'

'신경계 원인? 감염? 아니면 선천성 심장 질환이나 마취 중 혈류 속도 저하로 인한 혈전 때문인가?'

내 머릿속은 바쁘게 움직이면서 당장 즉각적인 처치를 해주고 싶었다. 보호자는 단순한 처치로 상황이 해결되길 바라는 것 같았지만, 단순한 처치로 해결될 수 있는 상황이 아니었다.

"죄송한 말씀이지만 이 아이는 꼭 치료를 해주셔야 합니다. 그리고 지금까지 치료를 안 시키신 것도 동물 학대에 해당될 수 있고요. 여러 가지 상황이나 사정이 있으실 수 있겠지만, 이제라도 뭔가 하셔야 합니다."

"알죠. 아는데 비용이 많이 들 거 아닙니까?"

"진작 적극적으로 치료받으셨으면 비용도 덜 들고 이렇게 악화 되지도 않았을 텐데요. 안타깝네요."

답답했다. 이 고양이를 제대로 치료하려면 현재 상태의 처치, 수술, 마비의 원인에 대한 검사 등이 필요한데, 그럴 경우 많은 병원 비가 나올 것이다.

"지금 이 고양이를 제대로 다 검사해서 치료를 시키실 수는 없 다는 말씀이시죠?"

"네, 아무래도 그렇죠."

"후, 그러면 이렇게 하시죠. 제가 정리를 좀 해드리겠습니다. 원 래는 이렇게 말씀 드리면 안 되지만 아무것도 안 할 수는 없으니까 요. 이 아이가 살기 위해서는 빨리 다리를, 양다리를 절단해야 합니 다. 만약 몸통 부분까지 괴사가 진행되어서 복강 부분까지 괴사되 어 있다면 다리 절단 수술 자체도 어려울 수 있습니다. 또, 괴사의 원인이 내성균이거나 패혈증 같은 것이 진행되었다면 절단을 해도 상태가 나빠질 수 있고요. 마비의 원인이 심장 질환 때문이고, 혈전 이 생긴 상태라면 다리 쪽 문제를 해결해도 또 문제가 생기거나 아 이가 많이 고통스러워하다 사망할 수도 있습니다. 그리고 이런 상 황을 고려하자면 비용이 너무 많이 들어서요.

그게 안 되시는 거라면… 초음파 검사를 하셔서 혈전이 보이거나 심장에 문제가 있으면 이 아이를 편하게 보내주시고요. 심장에 이상이 없으면 뒷다리를 절단하는 수술을 받게 해주세요. 저희 병원에서 초음파를 봤을 때, 다리 혈관에 혈전이 보이거나 심장에 명확한 문제는 없어 보이지만 아이가 죽고 사는 문제를 결정해야 되니까, 인근 큰 병원에 가셔서 다시 한번 확인하시고 결정하시기 바랍니다. 제가 저희 병원비는 안 받을 테니, 그 비용으로 꼭 다른 큰 병원에서 초음파 검사만이라도 받아보세요. 그 병원에는 다른 검사는 일체 하지 마시고 혈전과 심장 상태만 초음파로 봐주시라고 부탁드려 보겠습니다. 그리고 만약 수술을 하게 되신다면, 빨리 수술을 받게 해주세요. 시간 지체하지 마시고, 지금부터 바로 움직이셔야 합니다."

안락사, 다리 절단… 무시무시한 얘기를 하고 있었지만, 그때 나는 결단코 그 아이를 살리고 더 이상 고통받지 않도록 하기 위해서 간곡한 애원을 드리고 있었던 것이다.

그날 밤늦게 인근 동물메디컬센터에서 연락이 왔다. 그 고양이가 다녀갔고, 감사하게도 내가 부탁드린 대로 혈전과 심장 상태만 체크하셨다고. 다행히 혈전이 보이거나 심장에 이상이 있는 상태는 아니라고 하셨다. 인근 동물메디컬센터에 가셨다는 것은 그래도 수술을 시킬 의지가 있는 것이라고 생각했다.

'이제는 수술만 잘 받으면 되겠구나. 제발 수술을 시켜야 하는데……' 고통 속에서도 눈인사를 해주던 그 고양이의 얼굴이 자꾸 떠올랐다.

다음 날, 아침부터 일이 손에 잡히지 않았다. 책상에 엉덩이를 붙이고 있지를 못하고 일어났다 앉았다를 반복하며 넓지 않은 병원을 서성거렸다.

'아, 빨리 수술을 시켜야 하는데, 그 아이는 병원에 갔을까?'

'설마 안 가지는 않을 거야. 그렇게 사정을 했는데……'

'설마……'

그런데 점심 무렵, 인근 아파트 공사 현장 작업복을 입고 어제 고양이를 데리고 왔던 분이 고양이 밥그릇을 사가지고 갔다는 얘기를 전해 들었다.

'뭐야, 그럼 공사 현장에 아직 그 고양이가 있는 거잖아!'

'이런… 이럴 수가, 말도 안 돼.'

'걜 어떻게 그냥 두고 볼 수가 있지?'

'뭐야, 그럼 거기서 그냥 죽게 두겠다는 거잖아.'

너무 실망스럽고 화가 났지만 어떻게 할 수 없었다.

전화를 걸어 따질 수도 없었고 보호자가 치료하는 것을 원하지 않는데, 내가 억지로 수술을 시키라고 할 수도 없는 상황이었다. 동물 학대로 신고를 할까 생각도 해보았지만 당장 고양이의 치료에 도움이 될 것 같지 않았다. 마음 같아서는 얼른 데려다가 수술을 해주고 싶었다.

하지만 요즘 병원은 도저히 그럴 수 없는 상황이었다. 같이 일하던 직원이 병원을 그만둔 후로 새로 구인을 하면서 혼란스러운 일이 생겨 병원이 제대로 돌아가지 않는 '비상시국'이었다. 김 부장님은 혼자서 두 사람 몫을 하느라 심신이 피곤한 상태였고, 나 역시 여러 가지 쌓여 있는 문제들에 부딪혀서 힘들어하던, 최대한 측은지심을 억제해야 하는 상황이었던 것이다.

도저히 그냥 두고 볼 수 없는 환자를, 도저히 어떻게 해줄 수 없는 상황에서 맞닥뜨린 것이다.

그날 밤 저녁, 김 부장님께 조심스럽게 얘기를 꺼내보았다.

"저기, 그 고양이. 아직 그 공사 현장에 있겠지?"

"그러니까 아까 밥그릇을 사 갔겠죠. 잠깐 있을 거면 그냥 아무 데나 담아 주겠지 밥그릇을 일부러 사 가셨겠어요."

"……."

김 부장님의 눈치를 살피면서 조심스럽게 말을 꺼냈다.

"저기……."

부장님은 잔뜩 화가 난 표정이었다.

"말도 꺼내지 마!"

"아니, 내가 무슨 얘기를 꺼낼 줄 알고 그래."

김 부장님의 분노가 폭발했다.

"그 고양이 얘기할 거잖아. 딱 보면 알지. 그래서 아까부터 계속 끙끙거리고 다닌 거 아냐? 자긴, 딱 티 나는 거 알아? 데려다가 수술시켜주려고 하는 거잖아. 아니야?"

"음, 맞지. 그래… 얘기가 나왔으니까 하는 얘긴데. 도저히 그냥은 못 있겠어."

"그런 소리 하지 마. 주인도 그냥 두는 애를 우리가 뭘 어떡해? 그리고 수술 한 번으로 끝날 거 같지도 않던데. 말해봐, 간단하게 수술 한 번이면 끝나?"

"아니, 그게 한 번으로 안 되고 시간이 좀 걸리고, 여러 번 해야 될 수도 있기는 해."

"거 봐. 그러면 또 몇 달을 데리고 있어야 할 텐데, 수술도 분명히 여러 번 할 테고. 그리고 그분들이 다리 없는 애를 잘 돌봐주실까? 내 생각에는 뭔가 문제가 생겨도 초기에 발견하지 못하고 또 큰 문제가 될 수도 있고……. 지금 그렇게 된 거 보면… 이그… 암튼 안 돼. 누가 입양이라도 하면 모를까……."

김 부장님 얘기가 틀린 말은 아니었다. 그 아이가 극적으로 수술을 받는다고 해도 수술 후 상태를 케어해주실지 의문이었다.

그러다 김 부장님의 마지막 한마디, '누가 입양이라도 하면 모를까'라는 말이 떠올랐다.

'아! 누가 입양이라도 한다면 수술은 어떻게든 밀어붙일 수 있

겠구나!'

하지만 그것은 거의 불가능에 가까운 일이었다. 예쁘고 귀여운 새끼 고양이들도 입양처가 없어 쩔쩔매는데, 어느 누가 뒷다리 두 개가 없어질 고양이를 입양하겠는가?

다음 날, 수영장에 가는 길에 그 고양이의 보호자가 근무한다는 아파트 신축 현장을 내려다보았다.

'저기 어디에 그 고양이가 있겠구나.'

'얼마나 아프고, 얼마나 두려울까.'

'저기서 죽으면 그 고양이는 어떻게 될까?'

눈물이 흐르면서 화가 치밀어 올랐다. 길을 걷다 돌을 걷어차고 하늘을 바라보며 욕설을 퍼부었다. 한숨을 쉬고 고개를 숙였다.

공사장 어딘가에 방치돼 있는
고양이를 생각하며.

제발,
오늘밤만
견뎌줘

그 고양이를 만나고 사흘째, 문득문득 화가 나고 분노했지만 대상은 허공이었다. 김 부장님에게 그 고양이를 데려다 수술시키는 것을 '들이밀려면' 최소한 입양처라도 있어야 했다.

그래야 "봐, 이렇게 생판 모르는 분들도 이 아이를 측은하게 여기셔서 입양을 하시겠다는데, 우리가 얠 그냥 두고 보면 완전 사람이 아닌 거지. 우리… 그냥 하던 대로 하자. 응~ 그러면, 우리가 다 해주는 것도 아니잖아." 정도 말할 수 있을 것이다.

나 역시 그 고양이는 수술만 필요한 것이 아니라 새 가정도 필요하다고 생각했다. 그래서 백방으로 입양처를 찾아본 결과는… 원점이었다. 사월 초라 밤이면 날씨가 무척 추웠다.

♥

학생들과 수업을 하면서도 마음은 그 고양이에게 가 있어서 수업 내내 실수를 하고 말을 얼버무리고 있었다.

다른 때 같으면 학생들과 수업하는 날은 그들과 함께 꿈을 향해 점점 다가가는 기분이었는데, 그날은 1분 1초가 흐를수록 가야 하는 곳에서 어디론가 점점 멀어지는 느낌이었다. 잠시 말을 멈추고 고개를 돌려보니 창 밖에는 넓은 하늘이 구름 한 점 없이 파랗게 펼쳐져 있었다.

고양이의 눈인사가 떠올랐다. 어떻게 그 아이는 그런 상황에서도 천사같이 웃으면서 눈인사를 할 수 있었는지. 그 미소가 떠올라서 잠시 멍하니 있다가 흐르는 눈물에 입술을 깨물면서 눌러 참다가 나도 모르게 불쑥 말을 꺼내고 있었다.

"저 수업 중에 정말 죄송한데요. 너무 갑작스러운 얘기지만 제가 정말 참을 수가 없네요. 그냥 안 되더라도, 뭐라도 해본다는 심정으로 얘기라도 해보는 거예요. 저… 딱한 처지에 있는 고양이가 있는데요. 수술을 해서 두 다리를 절단해야 합니다. 제가 데려다 입원시켜서 수술하고 후처치는 다 해드릴 건데, 혹시 이 고양이를 입양하시거나 아니면 임시보호라도 해주실 분이 혹시 있으실까요? 입양처만 있으면 어떻게 될 것 같거든요."

학생들은 나의 느닷없는 얘기에 깜짝 놀라서 잠시 웅성거리다가 이내 잦아들었다.

"그럼 그 고양이가 못 걷는 거죠?"

"아마도, 그 아이가 그냥 누워만 있지는 않을 거 같지만… 저도 두 다리를 한번에 다 절단해본 적은 없어서 잘 모르겠어요."

입양처가 생기더라도 김 부장님이 순순히 수술과 입원을 허락해주실 리는 없겠지만 우선 입양이라도 해결되어야 이혼을 당하든 수술을 하든 시도해볼 수 있는 것이다.

수의사로 일을 하면서 제일 내키지 않는 수술을 꼽으라면 안구 적출과 사지 절단 수술이라고 할 수 있다. 특히, 눈이 하나 남은 아이의 마지막 눈을 적출해야 할 때나, 나에 의해서 환자의 몸에서 분리된 다리가 툭 떨어지는 순간은… 다시 떠올리기 힘들 정도로 괴롭고 미안하다.

"죄송합니다. 제가 괜히 얘기를 꺼냈네요. 그 아이가 너무 걱정돼서 말이라도 한번 해본 거예요."

말도 안 되는 얘기였다. 이 학생들은 지금 자신의 앞가림과 공부를 하느라 정신이 없는 상황이다. 고양이를 입양할 여유가 없다는 것을 뻔히 알면서 나도 모르게 말을 꺼낸 것이다. 고양이를 걱정하며 안타까워하는 학생들에게 사과를 하고 바로 다시 수업을 이어갔다.

수업을 끝내고 밖으로 나가려는데 한 학생이 다가왔다.

"선생님, 오늘 수고하셨어요."

"네, 지루한 수업 듣느라 수고하셨어요."

"선생님, 저 그 고양이요… 제가 입양은 못하는 상황이라서 너무 죄송한데요."

"아니에요. 다들 공부하느라 정신없이 바쁘신데, 제가 괜한 얘기를 꺼내서 마음만 불편하게 만들었네요."

"저, 제가 입양은 못하는 대신… 대신에요. 혹시, 수술비를 제가 내면 안 될까요? 입양은 못해도 수술비라도 도움이 되었으면 해서요."

"아, 참 고마운 말씀이네요. 하지만 수술은 제가 해드릴 수 있어요. 지금은 돈이 문제가 되는 상황은 아닙니다. 문제는 입양처죠. 어떤 마음이신지는 알겠어요. 정말 감사해요."

혹시 입양을 한다고 할까 기대했었는데……. 하지만 말만으로도 너무 고마웠다. 지금은 입양처만 있으면 되는 상황이라 감사 인사만 하고 제안은 마음만 받기로 했다. 그리고 설령 수술비만 있으면 문제가 해결되는 상황이라도, 내게 수업을 듣는 학생에게 수술비를 받을 수는 없지 않은가.

해가 지고 다시 추운 밤이 왔다. 이렇게 그 고양이를 포기해야 하나 싶었다. 지금까지 고민하고 입양처를 알아봤지만 아무 진전이 없었다. 학생 한 명이 비용을 대겠다고 한 것이 전부였다. 그러다 문득 '그 제안을 받는 것은 어떨까' 하는 생각이 들었다.

비록 수업을 듣는 학생에게 돈을 받는 것이라서 내 진의가 오해를 받을 수도 있고, 모양도 좀 빠지고, 혹여 사람들의 비난을 받을 수도 있을 것이다. 하지만 누군가 수술비를 도와준다는 것이 그 아이를 살릴 수 있도록 데리고 오는 '명분'이 될 수는 있었다. 지금으로서는 그 아이를 살릴 수 있는 유일한 제안이었다.

김 부장님에게 전화를 걸었다.

"저기 말이야, 오늘 수업 참석한 학생분이 그 고양이 병원비를 대주신다고 제안을 해주셨는데……."

"근데?" 김 부장님은 이미 짜증이 나셨다.

"아니, 그냥 혹시 입양하실 분이 있는지 여쭤봤는데, 입양은 어렵겠지만 수술하고 회복되는 동안 병원비는 도와주고 싶으시다고……."

"아니, 그걸 왜 받아. 주인이 있는 고양이인데… 그리고 학생이 무슨 돈이 있어. 무슨 소리를 들으려고? 자기 왜 그래?"

"그분은 갓 졸업한 학생분은 아니야. 결혼도 하셨고. 물론 여유가 있으실 수도 있고 아니면 넉넉하지 않은 와중에 도와주는 것일 수도 있겠지만 당신이 생각하는 갓 학교 졸업한 분은 아니셔.

그냥 서로의 상황에서 할 수 있는 걸 해서 그 고양이를 돕는다고 생각하고… 이렇게 해서라도 그 고양이를 살릴 수 있다면, 난 살려주고 싶어. 그분이 비용을 도와주고 우리는 데리고 있다가 입양을 보내고."

"말도 안 되는 소리 하지 마. 내가 안 된다고 하니까 이제는 별의별 방법을 다 만들어오는 것 같아. 그리고 수술이 한 번에 안 될 수도 있다며. 회복이나 치료가 어떻게 될지도 모르고. 잘돼도 불구일 텐데. 입양은 보낼 수 있겠어? 요즘 입양 안 되는 거 알지? 안 돼! 누가 돈을 내주신다고 해도 안 돼!"

"왜 안 되는 거야. 음, 치료는 시간이 좀 걸릴 수도 있겠지만 어차피 우리가 하는 일이 수술하고 치료하는 일이잖아. 생각해봐, 누군가 수술비를 주신다고 했어. 그러면 우리는 당연히 수술을 하겠지? 그런데 걔는 왜 안 되는 거야? 제발 부탁이야."

어떻게 해서든 이 기회를 놓치고 싶지 않았다. 계속된 설득과 다툼 끝에 김 부장님은 결국 내 감언이설에 또 넘어갔다.

바로 고양이를 데려왔던 보호자에게 전화를 했다.

"예, 혹시 그 고양이 수술… 받았나요?"

"아니요. 아직… 그냥 데리고 있습니다."

"죄송하지만, 그럼 혹시 치료나 수술 계획이 지금은 없으신 건가요?"

"네, 지금은… 없습니다."

"그러면 그 고양이는 그대로 죽을 수도 있습니다."

"……."

"이대로 아무것도 안 하고 데리고 계실 거라면 혹시, 그 고양이를 저희가 수술시켜서 저희 고양이로 데리고 있다가 입양을 보내도 될까요? 비용은 도와주시겠다는 분이 계십니다."

"네, 어쩔 수 없죠. 그렇게 하는 것이 좋겠습니다."

혹시 제안을 거절하시면 어떡하나 걱정했는데 다행히 그런 일
은 일어나지 않았다.

"내일 아침에 병원으로 꼭 데려와주세요."

너무 다행이었다. 집에 돌아와서는 혼자 남겨진 고양이가 오늘
밤을 무사히 잘 넘길지, 혹시 보호자의 마음이 변하면 어떡하나 하
는 걱정이 들었다.

'아침에 병원에 꼭 데려오셔야 할 텐데……'

'오늘이 네가 거기서 그렇게 보내는 마지막 밤이 될 거야. 오늘
만 견뎌줘. 힘내.'

바람이 많이 불고, 몹시 추운 길고 긴 밤이었다.

인어
아가씨
에리얼

긴 밤이 지났다.

평소보다 일찍 병원에 출근해서 수술 준비를 했다. 괴사 부위가 넓어서 피부가 부족하면 어떡할지, 복강까지 괴사됐다면 어떡할지 혹시 내성균 감염은 아닐지……. 많은 걱정이 꼬리를 물고 있었다. 무엇보다 보호자분이 고양이를 데려오실지가 가장 큰 걱정이었다. 고양이만 온다면 무슨 일이 있어도 다 해낼 수 있고, 해내야 한다고 각오를 다지며 스스로를 격려하고 있었다.

서류 한 장을 준비했다. '소유권 포기'에 관한 서류였다. 그 상태로, 그 아이를, 방임한 환경에 다시 보낼 수 없기 때문이었다. 드디어 고양이가 왔고 진료실에서 그 고양이를 마주할 수 있었다. 지난 며칠 동안 나를 힘들게 했던 고민과 원망, 분노가 무색하게도 그 아이는 웃는 얼굴과 귀여운 목소리로 나에게 인사하고 있었다.

기도하는 마음으로 수술을 시작했다. 하지만 수술을 시작한 즉시 그런 경건한 마음은 사라졌다.

"아니, 이게… 어떻게 이렇게까지… 이게 되겠어? 아, 이건 안 될 거야."

"피부가 부족해. 도저히 닫을 수가 없겠어."

"이건 학대야. 말도 안 돼!"

"아!……"

"괴사 부위를 다 제거하면 골반도 들어내야 할 것 같고, 복강에 구멍이 날 거야."

"아, 제발."

"휴……."

"이럴 수가……."

"제발, 제발."

드라마에서 수술이 끝나는 장면이 나오면 대개가 이렇다. 초조한 모습으로 수술이 끝나길 기다리던 환자의 가족에게 수술을 집도한 의사가 수술실에서 나와서 언제나 똑같은 멘트를 한다. "수술은 잘됐습니다." 설령, 예후가 불안정한 경우라도 일단은 "수술은 잘됐습니다만……."이라고 이야기를 시작한다. 우리 고양이 환자의 수술도, 마치 모든 동화가 '그 후로 행복하게 잘 살았습니다'라는 말로 끝나는 것처럼 '수술은 잘됐습니다'가 되어야 하는데, 그날의 수술은 '수술은 잘 안 됐습니다만, 간신히 덮었습니다'라고 해야 할 것 같았다. 이 수술의 결과가 잔혹 동화로 끝나지 않기를 바라면서 기도하는 마음으로 길고 긴 수술을 마쳤다.

팔이나 다리를 절단하는 경우, 환자는 마취에서 깨어난 후 엄청난 트라우마를 겪는다. 그것은 큰 신경을 절단하는 수술을 겪은 후의 육체적 통증 때문일 수도 있지만 있어야 할 것이 순식간에 사라진 것에 대한 정신적 충격 때문이기도 하다.

더구나 우리의 동물 환자들은 자신이 받는 수술에 대한 설명을 듣고 받아들일 수 없기 때문에 마음의 준비가 전혀 되어 있지 않은 상황에서 크나큰 고통과 함께 마취에서 깨어나야 하는 것이다. 이 고양이도 마취에서 깨어날 때 뒷다리 두 개가 한꺼번에 없어져서 '몸통만 남은 상황'을 어떻게 감당할지 무척 걱정이 되었다.

호흡이 빨라지면서 고양이는 점점 깊은 마취 상태에서 깨어나고 있었다. 김 부장님은 깊은 근심과 측은한 마음을, 나는 언제든지 처치할 수 있도록 추가 진통제를 가지고 고양이를 지켜보고 있었다.

몸을 조금 꿈틀거리더니 고양이가 눈을 떴다. 조용히 눈을 뜬 고양이는 고통의 울음과 몸부림 대신 가벼운 눈인사와 함께 작게 야옹 소리를 내주었다. 김 부장님과 나는 깜짝 놀랐다. 이렇게 평온하게 깨다니… 분명히 많이 아플 텐데……

힘겨운 다리 절단 수술 후
가벼운 눈인사를 건네준 고양이.

마취에서 깨어난 고양이는 새 환경과 자신의 처지에 금세 적응을 잘해주었다. 수술 이후 눕는 부위가 눌려 자꾸 터지는 바람에 재봉합하는 수술이 몇 번 다시 필요했지만 당황하고 허둥거렸던 수술에도 불구하고 추가로 감염이나 괴사되는 곳 없이 수술 부위도 마침내 잘 아물었다. 감사하고 또 감사한 일이다.

동물들을 많이 대하다 보면 작명도 큰 고민거리다. 이름을 많이 짓다 보니 이미 적당한 이름은 고갈된 문제가 있고, 또 병원 구성원들 간에 서로 '미는' 이름이 다를 때, 누구의 이름이 선택되는지에 따라 묘한 갈등과 분쟁 기류가 생기기도 한다. 하지만 대개는 원장이 미는 이름이 일방적으로 선정되게 마련이다.

언젠가는 "자, 그러지 말고 우리 이제 앞으로는 〈삼국지〉나 뭐 다른 대하소설 같은 거, 아니면 영화나 드라마 등장인물 순으로 그냥 이름을 붙입시다"라는 의견을 제시한 적도 있지만, 항상 끙끙거리면서 나름의 이름을 지으려고 그때그때 고민하고 있다. 이름을 짓는다는 것은 그 아이를 받아들였다는 것이다. 그런 면에서 이름을 짓는 과정은 분명 보람 있고 행복한 순간이다.

"얘 이름을 지어야지. 이번엔 드라마 주인공 중에서 골라볼까?"

"원장님! 분명히 인정 안 하겠지만 원장님 요즘 작명 센스 떨어진 거 알아요? 좀 예쁜 이름을 찾아서 지어줘야죠. 고생을 많이 한 아이인데……."

고양이를 데려오면 당장 이혼할 것이라 으름장을 놓던 김 부장님이 뜻밖에도 나의 형편없는 작명 센스를 탓하고 있다. '이럴 거면서 뭐 하려고 나를 그렇게 애타게 했단 말인가…….'

김 부장님이 두 눈을 반짝이며 다가왔다.

"원장님, 이 아이… 에리얼 어때요? 내 생각에는 이 아이가 두 다리가 없는 모습이 꼭 인어 같아요."

"음… 뭐, 나쁘진 않아. 뭐, 다른 게 없으니까 그걸로 하지."

대답은 심드렁하게 했지만 마음속으로 '언빌리버블! 이 사람이 이런 센스가 있었나!'라고 놀라면서 좋아서 죽고 있었다.

에리얼이란 멋진 이름을 갖게 되었다.

'에리얼이라니… 크크.'

수술 부위는 완전히 회복되었고, 에리얼은 어느 날부터 앞다리만으로 일어서기 시작했다. 처음에는 간신히 일어섰다 넘어지는 것을 반복하다가 마침내 두 발로 걷게 되었다. 지금도 사람들은 에리얼을 보고도 자신이 만났던 고양이가 사실은 두 다리가 없는 고양이라는 것을 알아차리지 못하는 경우가 많다.

가끔씩 진료실 책상 위 담요에서 뒹굴거리며 세상에서 에리얼만 가능한 '에리얼표 애교'를 부리는 에리얼을 바라본다. 콜드플레이의 노래 〈Fix You〉를 틀어놓고 말이다. 다른 가사는 다 잘 모르겠지만 마지막 부분, "I'll try to fix you"를 따라 흥얼거리다가… 눈물짓는다.

럭키한 고양이, 로키

"앗, 이 아이는!"

루이, 레오의 보호자가 병원을 방문했다. 평소 같으면 작은 여행 가방 크기의 이동장을 힘겹게 진료대 위에 올리고, 그 안에 루이나 레오, 아니면 라라를 꺼낼 텐데 오늘은 품 안에 작은 고양이를 안고 가벼운 발걸음으로 진료실로 들어왔다.

"저희, 넷째가 들어왔어요!"

지금 막 진료실에 들어온 보호자는 루이, 레오, 라라에 새로운 아기 고양이까지 합해서 고양이 4남매를 키우는 대가족이 된 것이다. 조심스럽게 물었다.

"저, 이 아이는 어떻게, 어디서 왔나요? 혹시, 첫째 둘째처럼?"

(이 댁에서는 '어떻게' 왔는지가 무척 중요하다.)

"아니에요. 이 아이는 그냥 '보통'으로 왔어요. 그래도 첫째네 엄마가 낳은 것 같아요."

"그럼 한 가족인가 보군요. 셋째 라라도 근처에서 온 거죠?"

"네, 라라도 근처에서 왔어요. 근처 쓰레기 더미 있는 곳에 우두커니 앉아 있었거든요."

"그럼 라라도 한 가족인가 보네요. 이번에 가족이 다 헤쳐 모여 한 거군요!"

♥

보호자가 가고 박 선생님이 내게 묻는다.

"원장님, 아까 로키 왔을 때, '보통'으로 왔다는 게 무슨 얘기예요?"

"아, 그거요. 후후. 그 댁 첫째 루이하고 둘째 레오가 특별하게 왔거든요."

"특별하게요? 어떻게 오는 게 특별한 건가요?"

"어느 날 그 댁 화장실에서 이상한 소리가 나서 덮여 있던 변기 뚜껑을 열었더니, 그 안에 새끼 고양이 두 마리가 들어 있었대요."

"네, 어떻게 그럴 수가 있죠? 재래식 변기가 아닌 거죠?"

"일반 가정집 양변기예요. 어떻게 된 영문인지 모르겠지만 그 아이들이 변기에 연결된 관을 타고, 중간은 물이었을 텐데, 일부 구간은 잠수를 해서 그 댁 변기 안에 도착한 거예요. 그것도 둘이 같이. 해외 토픽에 변기 안에서 비단뱀이나 아나콘다 같은 뱀이 나왔다는 얘기는 나오는데, 변기 안에서 고양이가 나온 건 저도 처음 겪는 일이에요."

"놀라워요. 그 고양이들이 대단하네요."

"변기를 통과하고 변기 물에 잠겨 있어서 그런지 루이하고 레오는 처음에 많이 아팠어요. 어린 고양이들한테 드물게 나타나는 방광염도 있었고, 이런저런 병치레가 많았는데, 보호자분이 지극정성으로 보살펴서 지금은 아주 건강하게 잘 살고 있어요."

고양이 '알못'에서 고양이 부자가 된 어느 가족.
책을 쓰는 동안 랄프라는 다리 하나 없는 길고양이를 입양하셨다.

"원래 고양이를 키우시던 분인가 봐요?"

"아니요. 가족 모두 고양이를 전혀 모르는 '고양이 알못'이셨어요. 그런데 루이와 레오를 키우시면서 고양이의 매력에 눈을 뜨신 거죠. 거기에는 루이와 레오의 착한 성품도 한몫을 했어요. 그러다가 라라를 길에서 입양하시더니 이번에 로키까지 입양하신 거죠."

"대단하네요. 그런 댁에 들어가다니 로키는 그야말로 럭키한 아이네요."

"루이, 레오 얘기를 하니까, 또 특별한 경로로 우리 곁에 온 아이들이 떠오르네요. 혹시 우리 병원 앞에서 고양이 본 적 있어요?"

"아뇨. 병원 앞은 큰 찻길이라서 고양이가 다니는 걸 한 번도 못 봤어요."

"저도 10년 넘는 기간 동안 이 앞으로 고양이가 오가는 경우는 한두 번밖에 못 봤어요. 그런데요. 몇 년 전에 화장실에 가려고 병원을 나서서 건물 현관으로 들어서는데 고양이 소리가 들리는 거예요. 새끼 고양이 소리가. 다시 들으려고 하니까 안 들리다가, 몇 시간 후 다시 나가면 고양이 소리가 들려서 이상하다고 생각했죠. 다른 직원분들께 그 얘기를 하니까 한 이틀 전부터 그분들도 그 소릴 들었는데, 정작 고양이를 찾을 수가 없었다는 거예요. 그 얘길 듣고 다시 나가봤죠. 다시 '야옹' 하는 소리가 들렸어요. 분명히, 아기 고양이 소리였어요. 병원 앞에 세워 둔 제 차 아래에서 나는 것 같았어요. 그래서 차 아래를 들여다보니까 소리가 멈추고, 다시 기다리면 소리가 나서 이번에는 차를 흔들어봤어요. 혹시 차 부품 구석에 고양이가 숨어 있나 해서요. 그런데 고양이가 안 나와서 그냥 포기하려고 하다가 차 높이를 높이는 기능이 있는데, 그걸로 차 높이를 높이니까 갑자기 작은 고양이 한 마리가 차의 어느 구석에선지 튀어나와서 도망가는 거예요. 차도로 도망갔으면 사고가 났을 텐데, 다행히도 병원 뒤 골목으로 달아나서 구석에 몰린 고양이를 잡아 데려올 수 있었어요."

"그 아이는 어디서 온 걸까요?"

"어디선가 제 차에 올라탄 것 같아요. 워낙 작은 고양이라 들어갈 틈이 있었나 봐요. 이틀간 계속 차를 타고 다녔지만 내리지 못한 거죠. 생각해봐요. 얼마나 무서웠겠어요."

"그랬겠네요. 이틀간 차를 타고 다녔다니……."

"그래서 그런지 처음에 엄청 꾀죄죄했어요. 내 차를 타고 온 고양이는 잘 있다가 입양을 갔어요. 그러고 보니 입양을 참 많이도 보냈네요. 다 부장님이 보낸 거 아시죠? 예전에 동물자유연대 이사님 한 분께서 부장님을 '입신'이라고 부르셨어요. '입양의 신'이라고, 하하하. 그 외에도 특별하게 온 아이들은 너무 많죠. 얼음에 턱이 얼어붙어 있다가 구조된 아이, 며칠 동안 벽에 갇혀 있다 구조된 아이, 병에 걸려 죽은 형제들 옆에서 울고 있다 구조된 아이, 보호자님께서 라면 먹으러 가시다가 구조한 아이, 아무렇지도 않게 자기 집인 양 쑥 들어와서 눌러앉은 아이도 있어요. 그리고 지금 입원해 있는 리몽이 오던 날 기억나죠? 그 아이도 어쩌면 정말 특별하게 온 아이죠. 다른 아이들은 보통 이동장에 담겨서 병원에 오잖아요. 리몽이는 길에서 구조된 후에 임시로 보호하던 댁에서 병원에 데려가야 하는데, 아이를 잡아서 이동장에 넣지는 못하고 고민하다가 결국은 캣타워를 통째로 들고 오셨잖아요. 고양이 진료하면서 캣타워에 갇혀서 병원에 온 아이는 처음이었어요.

이렇게 많은 스토리를 가진 아이들이 지금 우리 병원에 오는 아이들이에요. "제가 수의사가 정말 다이내믹하고 지루할 틈이 없는 직업이라고 하는 건, 치료하는 질병이 많기도 하지만 찾아오는 환자들의 스토리가 너무나 재미있고 다양하기 때문이에요."

"원장님, 그래서 우리가 매일매일이 즐거운 거군요."

"맞아요. 게다가 아이들이 너무 귀엽고 사랑스럽기까지 하니까요. 참 그런데, 고양이들뿐만 아니라, 박세윤 선생님 입사하신 스토리도 굉장히 특별하지 않았나요?"

"앗, 그랬죠. 정말 특별한 입사였죠. 암튼 전 감사해요. 이런 동물들과 함께 동물병원에서 일하게 되어 너무 럭키하고 행복한 것 같아요."

"리몽앙, 잠깐만."

"그래, 그래, 짜증나?"

"이 주사를 맞아야 해. 조금만~ 참아~"

"애귀야양~ 올치 잘하넹."

"너를 위해서 마아~는 분들이 애쓰고 계시거든."

"그분들 생각하고 또 너를 생각해서 자, 잘해보장~"

박 선생님과 함께 고양이 리몽이의 주사 처치를 하고 있다.

"제가 이렇게 얘기한다고 토하지는 마세요. 밤에 악몽 꾸는 건 아니죠?"

고양이를 달래느라 혀 짧은 소리를 내는 것이 박 선생님의 정서에 악영향을 끼치지 않을까 문득 걱정이 되었다.

"아유, 토하긴요. 원장님이 왜 그러시는지 다 아는데요. 그치, 리몽앙~ 너도 잘 알지~"

박 선생님도 나의 혀 짧은 소리를 흉내 낸다.

리몽이는 FIP(전염성 복막염)라는 병 때문에 입원한 고양이다. 길고양이인 리몽이는 중성화 수술을 위해 포획되었다가 수술한 병원에서 복막염 의심 증상이 발견되어서 우리 병원에 입원하게 됐다.

고양이 전염성 복막염은 수의학 교재에 치사율 100%라고 나올만큼 위험한 병이다. 진단 과정에서도 비용이 많이 들지만 입원해서 치료를 시도하는 데만도 많은 비용이 든다. 리몽이의 경우 길에서 돌보던 분이 주변 분들과 돈을 모아서 우리 병원에 입원시켰다.

"리몽이 편하라고 엘리자베스 칼라를 짧게 잘라줬지만 진짜 물리면 안 되는 거 알죠? 우리가 더 조심하자는 뜻이지, 위험을 감수하자는 말은 아니에요. 조심해요! 뒷발도 조심."

동물을 진료하기 위해 동물을 '보정'하는 것은 수의사와 수의 테크니션에게 필수적인 기술이다. 자신의 안전을 위해서도 중요하지만 진료받는 환자의 안전과 치료 효과를 위해서도 '잘 잡는 것'은 무척 중요한 처치 요소이다. 병원마다 동물을 보정하는 스타일은 다른데 전해 들은 얘기에 의하면 보호자들은 처음 간 병원에서 수의사나 수의 테크니션이 자신들의 동물을 처음 만질 때 즉, 퍼스트 터치에서 이 병원을 계속 올지 말지를 결정한다고 한다.

며칠 전에 리몽이가 처음 오던 날, 내 손끝을 한 번 문 적이 있다. 하지만 그때는 기운이 없어서 그랬는지 물었다기보다는 라텍스

장갑에 살짝 구멍을 낸 정도였다.

구멍 뚫린 장갑을 보고 안쓰러운 마음에 "에구, 이 녀석이 힘이 없어서 물어도 상처도 못 내는구나. 리몽아, 나중에 기운 차리면 내가 한번 세게 물려줄게. 꼭 기운 내!"라고 했었는데, 오늘은 제법 기운을 차려서 고양이답게 반항을 하고 있다.

친구들을 만나서 수의사의 무용담을 얘기할 때는 "야, 주사라면 이제 이골이 나지. 자다가도 딱 일어나 눈을 감은 상태로 100연발로 호랑이한테 주사를 놓고 아무렇지도 않게 다시 잘 수 있어"라고 허풍을 늘어놓지만 사실 저항하는 고양이에게 주사 처치를 하는 일은 언제나 위험을 수반한다. 잠깐 방심하면 크게 다치기 쉽고, 주사를 잘 놨다고 생각해도 주사가 잘못된 곳에 주입되거나 주변 조직을 손상시킬 수도 있기 때문이다.

"아, 리몽아 뒷발… 그러면 앙대~ 이럴 때, 비슈누 신처럼 손이 몇 개 더 있거나… 아니다, 현실적으로 손가락 하나라도 더 있으면 좋겠는……."

"아, 악…! 윽……."

박 선생님의 손에서 피가 흐르고 있었다. 내가 비슈누 신이 어쩌고저쩌고하면서 손가락이 하나라도 더 있었으면 좋겠다는 헛된 바람을 얘기하는 사이에 박 선생님이 리몽이에게 물린 것이다.

'아, 손을 하나 더 바랄 것이 아니라 있는 손가락을 집중해서

잘 썼어야 했는데……'

"죄송해요. 제가 집중했어야 했는데 다른 얘기를 하느라……"

박 선생님에게 뒤늦은 사과를 해보았지만 이미 물린 것을 되돌릴 수는 없었다. 동물을 잡다가 물리게 되면 아무리 심하게 물려도 동물을 그냥 둔 채, 자신을 치료할 수 없다. 상태가 위중한 동물을 처치하던 경우라면 계속 그 일을 해야 하고, 아니면 동물을 계속 보정한 상태에서 자신의 상처를 돌봐야 한다. 계속 리몽이를 잡은 상태에서 박 선생님은 거즈로 상처를 누르고 있었다.

"원장님, 그래도 리몽이가 힘이 생겼네요. 며칠 전에는 물어도 장갑만 살싹 뜯겼었는데, 오늘은 제 손을 이렇게 세게 물 수 있어서 정말 다행이에요. 반항하는 힘도 늘었구요. 일시적인 건지는 몰라도 계속 이랬으면 좋겠어요."

"그래요, 리몽이가 힘이 생긴 건 좋은 일이네요. 그래도 물려도 내가 물렸어야지. 박 선생님 상처가 너무 심해요. 아, 고양이들이 우리가 자기들 위하는 걸 알았으면 좋겠어요. 그러면 더 잘해줄 수 있을 텐데요. 애들도 스트레스 덜 받고, 억지로 잡지도 않고. 제가 정말 죄송해요. 다음에는 더 조심할게요. 괜히 비슈누 신은 찾아가지고… 이그."

"아니에요. 제가 물려야죠. 원장님은 평소에 많이 물리시잖아요. 고양이들이 진료할 때 얌전하게 사람처럼 진료받는다면, 만약 그렇다면… 제 일자리가 없어지는 거잖아요. 그러면 안 되죠. 크크.

그리고 뭐, 원장님이 저를 문 것도 아닌데요."

(고양이의 무는 행습이 일자리 창출과 직업 안정에 기여한다는 사실을 처음 접한 순간이었다. 동물병원에 최적화된 초긍정 동물 사랑 마인드를 지닌 우리 직원분께 감사드린다.)

♥

진료를 하고 있던 어느 날, 보호자에게 고양이의 상태를 설명하고 있었는데, 얌전하게 앉아 진료를 받던 고양이가 번개같이 고개를 돌려 내 손을 물었다. 물릴 것에 대비해서 조심조심 진료를 하다 물리면 상처도 심하지 않고 크게 놀라지도 않겠지만, 그날은 손님에게 이런저런 너스레를 떨면서 한눈을 팔던 사이에 고양이에게 물린 것이다.

상처는 깊었고 나도 모르게 "으아악" 하는 경망스러운 비명을 크게 지르고 말았다. 피가 많이 흘렀지만 아픔과 부끄러움을 참으며 '아, 이제 프로페셔널 수의사로서 더 이상의 비명은 안 돼!'라고 생각하며 이를 악물었다. 한편으로는 그 와중에도 한 손으로 고양이를 잘 잡고 있다고 스스로를 칭찬하고 있었다.

깜짝 놀란 보호자가 "괜찮으세요?" 하고 크게 물었다. 눈물이 찔끔 나는 상황이었지만, 최대한 자연스럽고 안 아픈 척을 하면서 대답했다.

"아, 네. 음… 전 괜찮습니다."

"아니요, 저희 고양이요!"

아, 마상이란 이런 것인가! 깊은 마음의 상처를 입고 말았다.

♥

이런저런 사건 사고와 에피소드들이 쌓이는 만큼, 내 팔에 상처와 흉터들이 늘어간다. 정말 미안하고 안타까운 것은 같이 일하는 직원분과 김 부장님도 나와 같이 물리고 다치고 있다는 것이다.

그분의 자존심을 지켜주기 위해 차마 이름을 밝힐 수는 없지만 한 선생님은 진료 중 고양이에게 엉덩이를 물리기도 했고, 부장님은 입원한 강아지에게 얼굴을 심하게 물린 적도 있었다. 하지만 한 번도 그들이 화를 내거나 고양이나 강아지를 원망하는 것을 본 적이 없다.

오히려 모두들 우리 동물 환자들이 기운을 차려서 물게 된 것을 진심으로 기뻐하고, 물 수밖에 없는 이 상황이 동물들에게 얼마나 힘들지를 걱정한다. 이런 이들과 일을 할 수 있다는 것은 정말 행운이고 행복한 일이다.

이들의 상처가 늘면 늘수록 감사하고 죄송한 마음도 늘지만 결코 그런 위험을 감수하는 것을 당연하게 받아들이지 않으려고 노력한다. 좀더 조심하고, 쓸데없는 농담 대신 더욱 집중해서 같이 일하는 이들이 물리거나 다치지 않도록 조심해야 하는데, 항상 비슷한 순간에 비슷한 레퍼토리로 집중력을 흩트린다.

"음, 이럴 때 말이야. 비슈누 신이라면 손이 더 있을 텐데. 얼마 전에 TV에서 보니까, 가네샤 신도 팔이 네 개 있더라구요.

참, 그리고 그거 아세요? 어느 나라에서 악어 진료하던 수의사 분이 진료 중에 손이 절단되셨대요. 우린 아무리 물려도 손이 절단되지는 않으니까, 얼마나 다행이에요. 그리고 더 좋은 게 우리 환자들은 독이 없어! 아무리 물려도 안 죽는 거예요. 그러니, 얼마나 다행이에요!"

아픈 너를
끝까지 사랑할 수
있을까

어느
수의대의
봄

어제 오후에 이번에 수의대에 합격한 한 학생에게 전화가 왔다. 해마다 이맘때면 수의대에 합격한 학생들과 통화를 하는데, 으레 하는 덕담과 인사가 끝난 후 나누는 대화의 내용은 거의 정해져 있다.

"얼마나 좋으시겠어요. 학교는 요즘 어때요? 가운은 입어봤나요?" 등등. 대화의 끝은 항상 "앞으로 힘든 일이 많겠지만 간절하게 원하던 수의대 생활이니 잘 견뎌내세요"로 마무리한다.

하지만 올해는 코로나19 때문에 그런 대화를 나눌 수 없었다. 온라인으로 수업을 진행하기 때문에 학교에 갈 수 없다고 한다. 그래서 학교에 대해서도 잘 모르고, 아직 친구도 사귀지 못했다고 한다.

열심히 공부해서 수의대에 합격했는데, 정작 학교에는 갈 수 없는 슬픈 시절이다. 전화를 끊고 30대의 어느 봄에 내가 다시 학생이 되었던 날을 떠올려보았다.

♥

개강 첫날, 수의대를 향한 외지고 좁고 (무지막지하게) 긴 길을 걸으면서 다시 대학생이 되었다는 사실에 감격했다. 이 긴 길의 끝에서 앞으로 어떤 일이 펼쳐질지를 생각하면서 가벼운 두려움과 흥분을 느꼈다. 다시 시작한 학교 생활은 그전에 다녔던 학교와 많이 달랐는데, 우선 수의대 본과 1학년 수업에는 교양이 없었다.

시간표를 짠다는 개념 자체가 없고, 전공 수업으로 꽉 찬 시간표를 받는다는 것이 맞는 표현일 정도이다. 그리고 일부 실습을 제외하고는 고등학교처럼 학년 강의실이 정해져 있다. (거의 정해진) 자기 자리에 앉고 교수님이 바뀌어가며 들어오는 것도 처음엔 무척 신기했다.

무엇보다 힘들었던 것은 당시 본과 1학년에게는 정해진 시험 기간이 없었다는 점이다. 2, 3일 정도의 간격으로 시험이 무한 반복되는 일 년이었던 것으로 기억된다. 그리고 각종 실습 때문에 정해진 수업 시간이 무의미해지면서 늦게까지 수업이 계속되는 것도 힘들었고, 아무렇지도 않게 주말이나 휴일에 불쑥불쑥 보강이나 실습이 잡히는 것도 무척 당황스러웠다.

한번은 결혼하는 친구에게 "미안해, 내가 그날 수업이 있어서 결혼식 참석을 못할 것 같아"라고 얘기해야 한 적이 있었는데, 친구가 "그날 일요일인데?"라고 되물었을 때 친구는 당연히 이해해줬겠지만, 나 혼자 속으로 뻔한 거짓말을 하다 들킨 것 같은 기분을 느꼈었다.

더 이상했던 것은 우리는 수의사가 되기 위해 수의대에 들어왔는데 예상과는 달리 병에 대해서 공부하거나 치료에 대해서 배우지 않는 것이었다. 생화학, 조직학, 발생학, 생리학 같은 과목을 주로 공부하고 늦게까지 현미경을 보고 그림을 그리느라, 수의사가 되기 전에 눈이 빠지고 팔이 끊어질 거라는 농담을 하곤 했었다. 해질 무렵 고등학교 후배지만 수의대 학번으로는 선배인 동생이 "형, 아직도 다 못 그렸어요? 저희는 먼저 저녁 먹으러 갈게요"라며 내 곁을 떠나면 혼자 강의실에 남아 느린 손을 탓하며 끙끙거리면서 각종 조직의 그림을 그리는 날도 많았다.

본과 1, 2학년 때는 주로 의학 기초 과목을 배우고, 본과 3, 4학년 때는 내과, 외과 등이 포함된 임상 과목을 배운다는 것을 나중에 알게 되었다. 물론 과거의 교과 과정이라 지금은 많이 다를 것이다. 학교에 따라 차이가 있겠지만 내가 졸업한 수의대는 기초 과목은 수의대 건물에서 수업을 듣고 임상 과목은 동물병원 건물에서 수업을 들었다.

처음 한동안은 정신없이 학교 생활을 하느라 수의대 건물 바깥 세상이나 주변은 신경 쓸 겨를이 없었다. 며칠이 지나서 정신을 차리고 바라본 학교 옆 동물병원 건물은 뭐랄까, 마치 구름에 싸여 있는 신선이 사는 상계, 다른 세상 같은 신비로운 공간이었다. 먼 발치에서 보면 가끔 수술복이나 흰 가운을 입은 신선 같은 분들이 지나다니는 것이 보일 뿐, 감히 근처를 가볼 엄두도 못 냈고, 그럴 시간도 없었다. 멀리서 우러러보며 나도 시간이 흐르면 언젠가 저곳으로 승천해서 저곳 신선님들을 따라다니는 시종(?)이라도 되는 날이 오겠거니 하는 희망을 품고 지냈다.

입학 후 한 달 정도 지난 후에 동물병원 주변에 있는 동물들에 관심을 가지기 시작했다. 당시 학교 동물병원 뒤나 건물 안에서 개들이 짖는 소리가 들렸었는데, 개 짖는 소리도 신비하게 느껴지고 언젠가 나도 저 동물들을 만져볼 수 있겠지 하는 막연한 희망도 갖고 있었다.

눈으로만 훔쳐보는 것이 두 달쯤 되던 무렵, 동물병원 건물 옆에 묶여 있는 셰퍼드 한 마리를 보게 되었다. 다른 개들은 동물병원 내부나 건물 뒤에 있어서 수의대 앞에서는 동물을 볼 수 없었는데, 어느 날부터인가 그 셰퍼드는 동물병원 건물과 동물병원 문 사이의 담에 묶여 있어 수의대 건물을 드나들면서 만날 수 있었다. 당시 아무것도 모르던 내게 그 셰퍼드는 너무 멋지고 신비로운, 말하자면 천계의 개나, 〈해리포터와 마법사의 돌〉에 나오는 플러피같이 동물병원을 수호하는 역할을 하고 있는 것 같았다.

그런데 며칠이 지나고 나는 조금 이상한 것을 발견할 수 있었다. 그 천계의 개가 늠름한 모습을 보이지 않고 힘들어 보이는 것이다. 왜 그럴까? 병원 수호견이 뭔가 아파 보였다. 수업과 수업 사이 쉬는 시간에 그 수호견을 관찰하다가 그 이유를 알아낼 수 있었다. 그 개가 묶여 있는 곳은 낮이 되면 그늘이 없어졌다. 그래서 아침에 학교에 가서 볼 때는 수호신 같은 모습을 보이다 해가 높이 뜨는 낮이 되면 기운 없는 모습으로 힘들어하는 것이었다. 더군다나 5월 말로 접어드는 시기여서 한낮에 볕에만 계속 있는 것은, 너무 고통스러운 상황이었을 것이다. 처음에는 설마 하는 생각이 들었다. 내 추측을 믿지 않았다. 이곳은 수의대인데 설마……. 그러다 관리하시는 분의 착오로 그럴 수 있다는 생각이 들었다. 관리하시는 신선분께서 뭔가 바쁘셨을 수도 있을 테니까.

속세에 묶인 본과 1학년은 천계의 수호견을 어느 신선님께서 관리하는지 알 수가 없었다. 이제나저제나 그늘이 있는 곳으로 옮겨질까 고민하다 용기를 내서 주변에 물어보았다. 동물병원 옆 셰퍼드가 불쌍하다고, 혹시 그 셰퍼드에 대해서 아는 바가 있는지, 어떻게 해야 그늘로 옮겨줄 수 있는지. 그리고 비로소 알게 되었다. 그 셰퍼드는 동물병원에서 데리고 있는 공혈견(수혈이 필요한 개에게 피를 나눠주는 개) 중 한 마리였다. 관리하는 고학년 학생이 알아서 잘 관리하고 있으니 걱정하지 말라는 얘기도 함께 들었다.

또 본과 1학년 때는 다 그런 생각을 한다는 말씀과 하루 종일 수업도 안 듣고 그 셰퍼드를 관찰하셨다니 대단하시네요, 라는 격려(?)의 말씀을 들었다. 그 수호견은 그 후에도 계속 담장에 묶여 있었다. 수소문을 해서 셰퍼드 관리하는 분을 찾았다. "죄송하지만, 저 셰퍼드를 조금만 옆으로 옮겨 묶어주시면 안 될까요?"라고 덜덜 떨면서 말하기까지 거의 한 달 정도 걸린 것 같았다. 그날 이후 가끔 가서 그 공혈견을 살펴보았는데, 그릇도 없이 땅바닥에 쏟아준 사료를 먹고 있을 때가 많았다. 제대로 된 밥그릇, 물그릇도 보이지 않았고, 집도 없는 모습이었다.

병원 근로 학생이 되면 공혈견 관리를 할 수 있다고 들었다.

1학년이 지나면 꼭 병원 근로 학생이 되어 공혈견 관리를 해야겠다고 마음먹었다. 처음 흰 가운을 입어보았고, 수없이 많은 시험을 치르고, 색연필이 마르고 닳도록 온갖 조직과 세포의 그림을 그려서 급기야 건물들의 창틀이 세포막으로 보일 무렵, 영원할 것 같았던 수의대 본과 1학년이 끝났다.

나의
병돌
생활

　본과 2학년으로 기억되는 어느 날, 드디어 학교 동물병원 근로 학생, 일명 '병돌이'가 되었다.

　동물병원 병돌이의 임무는 병원 청소(진료실, 복도, 집중치료실), 진료 비품 준비와 공혈견 관리 및 잔심부름 등이었고, 매달 일정 금액의 급여를 받는다. 무엇보다 진료를 참관할 수 있다는, 내게는 어마어마하게 느껴지는, 권리가 있다.

　본과 1학년 초에 병원 근로 학생이 되어야겠다고 마음먹었을 때는 병돌이가 되는 것이 무척 어려운 일이라고 생각했었다. 그런데 나중에 알고 보니 학년이 올라간 후 하고 싶다고 미리 얘기만 하면 다 할 수 있을 정도로 들고나는 학생이 많은 자리였다. 당시의 나에 게는 급여나 할 일이 많고 적고는 문제가 되지 않았다. 신선계에 매 일 갈 수 있다는 것과 선계의 진료를 참관할 수 있고, 특히 공혈견 들을 관리할 수 있다는 것만으로 족했다.

병원 병돌이로서 출근 첫날, 떨리는 마음에 전날 밤잠을 설친 상태로 출근을 했다. 매일 가던 학교에 고작 근로 학생이 된 거였지만, 똑같은 학교에 가면서도 멀리서 동경해오던 신선계 동물병원의 일원이 되어 '출근'을 한다는 것이 믿기지 않았다.

동물병원에 간다는 것에 혼자 좋아하고 감격해서 집사람에게 "내가 말이야, 내일 병원으로 출근을 해. 말하자면… 유의태의 집에 일을 하러 들어가던 허준 선생님도 이런 기분이셨을 거야……." 라고 당장 고생이 끝날 것처럼 떠벌리던 기억이 난다.

신성한 동물병원에서 첫 임무는 빨래였다. 내게 그 빨래는 보통 빨래가 아니었다. 무려 ICU(Intensive Care Unit, 집중치료실)라는 멋진 이름의 공간에서 밤새 치료받던 동물들이 깔고 있던 수건들이었다. 나의 전임 병돌 선배님께서 친절하게도 같이 나와서 세탁실의 위치와 빨래 방법을 알려주었다. 나는 그분이 말씀하시는 것을 받아 적으며 한 치의 오차도 없이 맡은 바 임무를 완수하겠노라고 마음을 먹었다.

배운 대로 세탁기의 문을 우주정거장에서 우주선의 해치를 열듯 정성스럽게 열었다. 선배님은 순식간에 빨래를 세탁기 내부로 투입하고, 뭔가 특수해 보이는 세탁 세제로 추정되는 가루를 최현석 셰프가 솔트를 뿌리듯 멋지게 흩뿌려 넣었다.

혹자는 이렇게 말하기도 한다.

"동물병원 병돌, 병순이… 야, 그거 그냥 수업 전후에 병원 복도나 한번 대충 닦고, 아무것도 하는 것 없이 돈만 받고, 알바 없을 때 잠깐 하는 거 아냐?"

하지만 모르시는 말씀, 대한민국 국립대학교 수의과 대학 부속 동물병원 근로 학생의 업무는 철저하게 계획된 업무 프로토콜에 따라 진행되는 '다 계획이 있는' 일이었다.

먼저 빨래를 돌려놓고 빨래가 도는 동안 ICU와 진료실, 복도 청소를 해야 했다. 선배님의 청소 시범을 보면서 걸레를 빠는 모습, 그 걸레로 걸레질을 히는 모습, 손끝의 움직임 등 하나하나를 외우고 배우려고 노력했다. 걸레질 후에는 진료실 세팅(?) 프로세스를 진행해야 한다.

주로 진료실 선반을 닦고 알코올 솜과 소독약에 적신 솜을 준비하는 과정이다. 이것도 잘 모르는 사람들은 대충 소독솜 담은 통에 알코올이나 소독약을 콸콸 들이붓고 뚜껑을 닫으면 된다고 생각하겠지만 그런 것은 이곳 신선계 동물병원에서는 용납되지 않는다.

그날, 나는 교수님과 수의사 선생님들의 알코올 솜 기호가 다 다르다는 것을 배웠다. 역시 그런 것에도 디테일이 있었다.

선배 병돌님께서 말씀하셨다. 어떤 교수님은 꼬득꼬득하게 약간 반건조 상태의 알코올 솜을 사용하시고, 또 어떤 선생님은 약간

질척질척하게 홍건한 상태의 알코올 솜을 사용하시기 때문에 그런 것을 맞추기 위해서는 전문 병원 근로 학생으로서 항상 깨어 있고 노력해야 한다고. 우리의 자리가 결코 날로 먹는 자리가 아니라고 말이다. 그리고 은밀하게 대대로 내려온 교수님들과 수의사 선생님의 소독솜 기호도를 전수받았다.

그리고 선배 병돌님께서는 할 일 리스트를 알려주고 등교하셨다. 선임 병돌님께서 알려준 그날의 할 일 리스트에 의하면 이제 세탁이 다 된 세탁물을 빨래 건조기로 옮겨 넣고 공혈견을 돌봐주고 수업에 가도 된다고 되어 있었다.

'아, 이제 드디어 공혈견을 돌보러 가겠구나.'

아까 돌리기 시작한 빨래가 다 되었을 무렵, 세탁실에 가서 세탁기를 열고 탈수된 수건을 꺼내 바로 옆 건조기에 넣었다.

첫날이라 수건을 다루는 것도 조심스러웠다. 그러다 손에 뭔가 다른 느낌의 수건이 잡혔다. 똑같은 세탁 헹굼 탈수를 거쳤다고 보기엔 뭔가 다른 느낌, 뭔가 다른… 축축함.

조심스럽게 그 수건을 꺼냈다. 그런데, 내가 수건이라고 생각했던 그것은 불쌍하고 안타깝게도… 축 늘어진 비둘기였다. 세탁실이 떠나가라 비명을 지르며 놀라 자빠졌다가 정신을 차리고 살펴보았다.

당연히 비둘기는 죽어 있었고, 이 비둘기가 이미 죽은 채로 수건 사이에 있었던 것인지, 그렇지 않았는지를 생각하면서 너무 두렵고 괴로웠다. 어떤 상태였더라도 비둘기에게 못할 짓을 한 것이다. 또 무엇이 나올지 몰라 손을 덜덜 떨면서 나머지 수건을 꺼냈다. 다행히도 더 이상 비둘기는 나오지 않았지만 앞으로 이곳에서 뭔가 많은 일을 겪을 것 같은 불길한 예감이 들었다.

첫 출근의 인상은 너무나 강렬했다.

공혈견
에로스와
듀롱카

혼미해지는 정신을 겨우 추스르고 불쌍한 비둘기를 수습해서 예우를 갖춰 보내주었다. 그날 이후 한동안은 병원에서 뭔가를 대할 때 반드시 시각, 후각, 청각을 동원해 사전에 검사하도록 노력했고, 어떤 경우에도 '촉각'을 먼저 사용하는 경거망동은 삼가려고 노력했다. 특히 세탁실에서는.

비둘기를 보내준 뒤 공혈견 관리 임무를 수행하러 갔다. 병원 옆문을 나서면서 혼자 다짐했다.

'그래, 이제 시작이야. 너희들 고생은 다 끝났다. 새로운 럭셔리 라이프가 펼쳐질 거야.'

병원 바로 위 얕은 둔덕에 셰퍼드 한 마리가 나무에 묶여 있었다. 일 년 전 내 마음을 아프게 했던 친구, 에로스였다. 내가 근로학생이 되어 이 아이를 보살피고 싶다고 했을 때 "그 개가 그때까지 살아 있을까요?"라는 말을 들었는데, 이제 그 아이가 내 앞에 있다.

줄이 나무에 감겨 50cm 정도의 여유밖에 없어 집 같은 구조물이 근처에 있었지만 들어가지는 못하고, 내리는 비를 맞으며 질척질척한 진흙에 앉지도 못하고 서 있던 모습이 병원 출근 첫날 다시 만난 그 아이의 모습이었다.

또 다른 공혈견인 셰퍼드 듀롱카는 병원 뒤에 있었다. 비 오는 날, 앞만 트인 큰 사각형 철제 상자에 물이 고여 있었는데, 그 상자에 묶여 있었다. 그곳이 집이라 들어앉아 비를 맞으며 헤엄치듯 앉아 있는 모습이 듀롱카와 첫 만남이었다.

'우선 사료와 물을 깨끗하게 주고, 수업에 들어가야겠다.'

수업 시작까지 10분 정도밖에 남지 않았다. 일찍 온다고 왔는데도 비둘기를 만나면서 시간이 늦어졌다. 사료는 문 옆 구석에 쌓여 있었는데, 마땅히 사료를 줄 그릇이 보이지 않았다. 찾아보니 찌그러지고 흙투성이의 그릇들이 나무 밑이나, 건물 처마 밑 등에 굴러다니고 있었고, 주변 동물에 비해 개수가 부족한 것 같았다.

'수세미나 행주, 퐁퐁은 없나?'

'윽, 지금 저 진흙투성이의 미끈거려 보이는 줄과 진흙 범벅인 에로스를 나무에서 풀어주는 것보다 일단 다른 줄로 바꿔 비를 맞지 않는 곳으로 옮겨 묶어주면 좋을 텐데……'

이런저런 바람이 많았다. 마음 같아서는 줄을 길게 풀어주고 싫었다. 비를 피할 수 있는 곳으로 옮겨주고, 제대로 된 밥그릇을 찾아 깨끗이 닦은 후에 사료와 물을 가득 담아주고 싶었다. 원래의 계획은 호텔급 서비스를 해주는 것이었는데, 정작 지금은 아무것도 해줄 수 없는 상황이었다.

이제 수업 시간 5분 전. 더 이상 시간을 지체할 수 없었다. 내 마음은 그게 아니었지만, 에로스의 줄만 나무에서 한두 바퀴 정도 돌려서 조금 풀어주었다. 구석에 처박혀 굴러다니는 밥그릇을 찾아 물로 대충 헹궈서 사료와 물을 담아주었다. 수의대 건물로 허겁지겁 뛰어가면서 혼자 중얼거렸다.

"다들 이러셨겠네. 내가 한다고 바뀐 것도 없고……."

김 부장님을
사랑하는
이유

다행히 늦지는 않았지만 수업시간 내내 마음이 좋지 않았다. 쉬는 시간에 뛰어가서 에로스의 줄이라도 길게 풀어주고 와야겠다고 마음먹었지만 수업이 끝날 때까지 아니, 끝나고도 병원에 갈 틈이 없었다. 결국 해질녘이 되어서야 병원에 갈 수 있었다.

병원 내부 청소나 정리는 큰 문제 없이 지나갔지만 공혈견들에게 해준 것은 아침과 다를 게 없었다. 흙탕물을 뒤집어쓰고 굴러다니는 다 찌그러진 그릇 모양의 물건을 대충 헹궈서 사료만 담아주고, 질척거리는 진흙 구덩이에 털썩 던져주고 온 것이다.

근로 학생이 되면 시간 나는 대로 병원에 가서 진료와 수술 등을 많이 볼 거라는 계획을 세웠음에도 수업 중간에 병원에 가서 진료에 참관해볼 생각은 하지도 못했다. 나의 현실은 그럴 시간을 낼 수 없다는 것을 깨달았다.

저녁에 고시원으로 돌아가는 발걸음은 너무도 무거웠다. 병원에서 직접 동물을 관리하는 입장이 아니었을 때는 '저걸 왜 안 해주는 거야? 그게 뭐가 어려워? 나라면 당장 해주겠다. 어떻게 수의대생이 저럴 수 있지? 저 불쌍한 동물들, 수의대에서 이게 뭐지?' 마음속으로 이런 욕을 했었는데…….

고시원 침대에 누워 곰곰이 생각을 해보았다. 실험 동물에 대한 근본적인 문제까지 해결되지는 못하더라도 현재 내 눈앞에 있는 동물들의 가장 기본적인 처우라도 개선해주면 좋을 텐데…….

이러다가 내가 관리하는 입장이 되었는데도 아무것도 바꾸지 못할 것 같다는 생각이 들었다. 내일부터는 뭐라도 해줘야겠다는 다짐을 하며 잠이 들었다.

일주일 정도의 시간이 흘렀다. 에로스와 듀롱카를 위해 해준 것이라곤 비가 오면 물이 들어차는 집을 고쳐서 물이 차지 않게 한 것과 버려진 큰 플라스틱 말통을 반으로 잘라서 듀롱카의 물통을 만들어준 것뿐이다. '관심'을 더 가지고 '시간'을 더 들였는데도 환경은 크게 개선되지 않았다. 필요한 물품이 많았다. 다행스럽게도 당시에 병원 관리 업무를 담당하는 선생님들께서는 웬만하면 내가 필요하다는 물품을 잘 사주는 편이었다. 그래서 학교에서 구입해줄 수 있는 것은 학교에 신청했지만 학교의 기준에서 급하지 않고 조금 '과한 것들'은 '미래의 김 부장님'에게 청구했다.

"에로스, 듀롱카 산책을 좀 시켜야겠는데. 산책용 리드 줄을 좀 보내줘야겠어. 껌하고 간식도 좀!"

♥

동물병원에서 병돌 활동을 시작한 지도 꽤 시간이 흘렀다. 여전히 바빴지만 학교에 좀더 일찍 가려고 노력했고, 병원 진료도 참관을 시작했다. 잠시 짬이라도 나면 병원에 가서 대기하고 있다가 진료가 시작되면 누구도 부르지 않았지만 진료실로 갔다. 처음에는 눈치를 보면서 진료실 뒤를 청소하는 시늉을 하다가 은근슬쩍 진료실 구석에 서곤 했지만 아무도 나에게 신경 쓰지 않는다는 것을 알아채고는 그냥 진료실 구석이 내 자리인 양 들어가서 서 있었다. 낯선 늙다리 학생이 구석에 서 있는 것이 진료하시는 교수님이나 수의사 선생님에게 부담을 드릴 수도 있겠다고 생각했지만, 나로서는 많은 것을 희생하고 들어온 수의대였기 때문에 정말 죄송할 수 있는 상황임에도 염치 불구하고 진료실, 엑스레이실, 초음파실, CT실, 임상병리실, 부검실 어느 곳이든 구석 자리에 서 있었다. 그러다 운이 좋으면 "이리 와서 이것 좀 잡아주세요"라는 말이라도 듣는데, 그런 날은 정말 신이 났다.

처음에는 꿔다 놓은 보릿자루처럼 우두커니 서 있는 날의 연속이었지만 차츰 손이 필요할 때 내게 잔심부름이라도 시키는 날이 많아졌다. 어떤 날은 수업 중인 나를 진료 중인 교수님께서 불러 심부름을 시켰는데, 진료를 위해 나를 찾아주었다는 것이 내게는 너무나 기쁜 경험이었다.

지금 생각해보면 내 보잘것없는 임상지식의 대부분은 그때 어깨너머로 여러 교수님들과 선생님들을 보고 익힌 것이다. 뭘 하건 안 하건 동물병원 진료실에 있다는 사실만으로도 너무 행복했던 날들이었다.

진료 참관 자체는 좋았지만 바람과는 달리, 불쌍한 실험 동물들을 가까이서 보는 건 너무나 힘들었다. 그동안 관찰한 바에 따르면, 수의대의 많은 실험실에서 실험 동물을 데리고 있는데, 밖에서 봤던 것과는 달리 어떤 실험실에서는 꽤나 깔끔하게 동물들을 관리했다.

각 실험실 구성원의 개인적인 측은지심의 정도에 따라, 어떤 실험 동물은 동물들의 처우가 좋고 다른 실험실의 동물들은 (내가 보기에) 비참한 환경에서 생활을 하고 있었다. 또 발견한 놀라운 사실은 내가 가지고 있는 아주 기본적이고 낮은 기준들이 어떤 수의대생에게는 지나치게 높은 기준으로 받아들여지고 있다는 것이었다. 예를 들어서, "깡통 같은 철제 상자 모양 집이 땡볕 아래에 놓여 있어서 실험견들이 너무 불쌍해"라거나 "동물들 사료나 물그릇이 엎어지면 하루 종일 굶거나 물을 못 마셔서 불쌍해. 다른 방법이 없을까?"라고 얘기하면 "형, 그래도 저 깡통 안은 그늘인데 뭐가 불쌍하죠? 형은 제가 보기에 좀… 뭐랄까, 동물을 생각하는 게 좀 지나친 거 같아요"라는 이야길 듣는다.

"아니, 나는 그냥 기본적인 것이라도 해주자는 거야. 그냥 열기에 쪄 죽지 않고 배 안 고프고 목 안 마르고 얼어 죽지 않고 굶어 죽지 않는 정도… 가끔 산책도 좀 하면 좋고. 그게 지나친 거야? 내가 있던 곳에서는 나는 동물 아끼는 사람이 아니야. 그냥 기본만 해주는 사람이라고. 내 주변에서 진짜 동물 위하는 분들을 보면 너희는 그 사람들을 정말 싸이코라 그러겠네."

대부분의 실험실에서 동물들을 잘 돌봐주고 있더라도 명색이 수의대라는 곳에서 이런 대화를 한다는 것 자체가 부끄럽고 슬펐다. 내 수준이 높지 않은데도 불구하고 나는 기본일 뿐이라고 사정하면서 이해시키려고 하는 것이 우습기도 했다. 언젠가 고 신해철 님께서 '진보로 분류될 때 좌절을 느낀다'라고 하셨다는데……

시간이 흐르면서 미래의 김 부장님에게 청구하는 물품이 많아졌고, 셰퍼드들의 환경은 점점 개선되었다.

"음, 난데. 지난번에 보낸 밥그릇은 잘 받았어. 그런데 이번에는 집을 보내줘야겠어."

"……"

"그래 '집' 맞아."

"……."

"셰퍼드 들어가야 하니까 제일 큰 걸로."

"……."

"하나 아닌 거 알지?"

"……."

"사랑해~"

"……."

초음파
부스는
위험해

천성이 게으른 탓인지 평소에 다니던 곳만 가고, 하는 일만 반복하고, 똑같은 것을 먹고 똑같은 것을 마시는 편이다. 심지어 일요일마저도 정해진 패턴에 따라 규칙적으로 게으름을 피운다. 노는 것을 좋아하지만 좀처럼 누굴 만나거나 어딜 가는 일이 드물다.

김 부장님은 이런 나를 까칠한 '짜스(짜증나는 스타일의 준말)'라고 부른다. 웬만한 일이 있어도 다 '안 가' '바빠'로 일관하는 이 까칠한 짜스가 특히 가기 싫어하는 곳이 있다. 바로 수의사 연수 교육. 수의사들은 수의사법에 따라 매년 일정 시간 이상 연수 교육을 받아야 한다. 그런데 이 교육을 가야 하는 날이 다가오면 겉으로는 온갖 아카데믹하고 근엄한 척을 하며 살아오다가도 김 부장님에게 '정말 가기 싫다'며 짜증과 투정을 부리면서 괴로움을 호소한다. 그리고 그런 교육을 받아야 하는 날은 이상하게 빨리 다시 돌아온다.

올해는 일반 연수 교육 대신 교육으로 인정을 받을 수 있는 수의 임상 콘퍼런스장에 왔다.

'캬! 수의 임상 콘퍼런스라니, 얼마나 멋진 말이냐. 내가 수의사가 되어 콘퍼런스 같은 곳을 오다니!'

끔찍하게 오기 싫어했지만 막상 현장에 오니 혼자 감동하고 혼자 감탄한다. 수많은 수의사들이 분주하게 콘퍼런스장 앞과 로비를 걸어 다니고 있었다.

멋진 정장 차림의 수의사들과 잡지나 수의사회 홈페이지에서나 접하던 각 분야의 대가 선생님들이 내 앞을 스쳐 지나갔다. 또 〈TV 동물농장〉에서 자주 봤던 수의사 선생님을 보고는 일면식도 없는데도 불구하고 아는 분이라 착각하고 밝고 해맑게 꾸벅 인사를 드렸다.

촌사람이 서울에 처음 온 것처럼 약간 위축되기는 했지만 신나는 기분으로 입구에 들어서니 여러 업체에서 설치한 부스들이 사방에 펼쳐져 있었다. 저마다 최첨단 기자재, 장비들을 들고 나와서는 홍보에 열을 올리고 있었다. 첫 번째 부스에서부터 마음을 뺏긴 나는 좀처럼 앞으로 가지 못하고 구경을 하고 있었다.

"이거는 얼마 하나요?"

"네, 원장님. 최신형 제품인데 이번에 콘퍼런스 기념 가격으로… 오천만 원입니다. 저희가 할인 폭을 크게 해서 가져왔습니다."

"흑……."

막힌 숨을 고르기 위해서 침을 꿀꺽 삼켰다.

다음은 초음파 부스였다. 내 스킬이 부족한 부분이 더 큰데도 불구하고, 초음파 영상이 5% 정도 아쉬운 이유는 장비의 퍼포먼스가 부족해서 그렇다고 장비 탓을 하기 때문에, 그동안 가장 자주 업그레이드했던 장비가 초음파 장비였다. 지금 쓰는 초음파 장비도 김 부장님께 이혼을 100번쯤 당하면서 내 인생 마지막 초음파라는 단서를 달고 교체한 것인데, 쓰다 보니 내게 과분한 장비이고 정말 좋았지만, 약간의 아쉬움들이 쌓이고 쌓여서 요즘 극비리에 새 장비를 알아보고 있었다. 아마 내가 초음파 업체 부스 근처를 기웃거린다는 사실만으로도 김 부장님은 머리를 싸매고 드러누우실 것이다.

업체 직원이 장비를 하나하나 설명해준다. 훌륭한 것들이었다. 눈이 휘둥그레져서 내 분수는 아랑곳하지 않고 "조금 더 좋은 것은 없나요?"를 반복하다가 드디어 마음에 드는 장비를 발견했다.

"흠, 이건 얼만가요?"

"네, 원장님. 역시… 원장님 병원 수준에서 이 정도는 쓰셔야죠. 이 장비는 일억… 사천 정도입니다."

'윽!' 마음속의 신음 소리가 바깥으로 나오지 않도록 간신히 틀어막고 태연한 척을 하려고 노력했다.

"음, 제가… 이 제품 정도면 좀 관심이 가네요. 하지만 지금은 좀 바빠서 이따 다시 한번 들르겠습니다. 쿨럭!"

최대한 태연한 표정을 유지하면서 자리를 떴다.

'빨리 등록을 마치고 두 눈과 귀를 밀봉하고 앉아 있어야겠다.' '잘못하면 이혼 각이다.' 이대로 돌아다니다가 혹해서 덜컥 계약이라도 하고 돌아갈 것이 걱정된 나는 가상의 말 눈가리개를 좌우에 셀프 장착하고 콘퍼런스 등록 창구로 직진했다. 결혼 생활에 심각하고 구체적인 위협을 느낀 것이다.

"어, 형! 오랜만이에요."

'누구지?' 뒤를 돌아보니 학교 후배였다.

"형, 잘 지내세요? 병원은 어떠세요?"

"난 똑같아. 똑같이… 어려워. 넌, 개원했다더니 잘돼?"

"아뇨, 저도 어려워요."

단 한 번도 '아, 요즘 병원이 잘돼서 죽겠어요'라는 인사말을 들어본 적이 없다. 나 같은 경우에도 가뭄에 콩 나듯 병원 매출이 좋은 달이 있어도 항상 "난 똑같아. 똑같이… 어려워"를 반복한다. 그 후배와 인사를 나누는데 주변 부스의 업체에서 다가와 인사를 했다. 처음에는 나를 보고 인사하나 하고 만면에 부드러운 미소를 띄고 같이 인사했는데, 가만히 보니 후배에게 인사를 하고 있는 것이었다. 심지어 내가 도망치듯 빠져나온 초음파 부스의 직원도 꽤 먼 거리임에도 후배에게 와 인사를 했다. 최근에 개원한 후배라 여러 업체들과 안면이 있는 것이다.

'음, 얘가 이번에 개원할 때 돈을 좀 썼나 보군.'

뒤이어 지나는 수의사들도 걸음을 멈추고 후배와 인사를 나눴다. 이쯤 되면 내가 아는 수의사가 한 명쯤 나타나줘야 구색이 맞으련만 어찌 된 일인지 멋진 차림의 수의사들이 후배에게만 아는 체를 하고 있었다. 심지어 한 무리의 수의사가 다가와 후배에게만 인사를 해서 살짝 위축되었는데, "야, 너네 이 형 몰라? 우리 선배님이시잖아"라며, 내 후배이기도 한 자신의 후배들을 인사시켜 주는 바람에 '인사를 받으면서도' 마음의 상처를 입기도 했다.

'아, 내가 이렇게 아는 사람이 없었나? 그 많던 아는 수의사나 업체 직원들은 왜 이럴 때 한 명도 만날 수가 없는 건지……. 군중 속의 고독이란 이런 것인가?'

좀 머쓱한 상태로 콘퍼런스 등록 부스로 향했다. 후배와 줄을 서서 차례를 기다리고 있었는데, 갑자기 접수대에 앉아 있던 행사 스태프 중 한 명이 벌떡 일어서서 우리 쪽을 향해 꾸벅 인사를 했다. 그러고는 옆 스태프에게 "저 선생님은… 성함은……." 작은 목소리로 얘기를 했다. 그리고 명찰과 세미나 자료 등이 들어 있는 가방을 옆 스태프에게 받아 들고 뛰어와 다시 인사를 했다.

나는 또 마음의 상처를 받을 준비를 하고 있었다.

그런데 놀랍게도 "선생님 안녕하세요. 작년에 선생님 수업 들었던 학생입니다. 수의대 합격해서 학교 다니고 있는데, 지금은 자원 봉사를 하고 있는 중이에요." 내게 인사를 하는 것이었다! 정신이 번쩍 들었다.

"흠, 아, 그래요. 바쁠 텐데 고생이 많네요."

나를 알아보는 수의대생의 출현에 잔뜩 고무된 나머지 나는 스태프들 전부를 모아 놓고 등을 두드리며 격려라도 해줄 듯 거들먹거리기 시작했다.

"오, 형! 유명 인사인가 봐요. 바로 알아보고 등록을 딱! 이름도 얘기 안 했는데……."

"야, 뭐 이거 가지고, 흠흠, 몰랐냐? 내가 말이야. 전국 어느 수의대를 가도 아는 학생이 다 있거든!"

순간 나를 봉인하리라 믿었던 말 눈가리개는 온데간데없이 풀어졌고, 그때부터 잔뜩 바람이 들어서 기고만장한 상태로 하루를 보냈다. 그리고 기어이 콘퍼런스 중간에 초음파 부스에 가서 사고를 치고 말았다.

"저 그거, 아까 그거요. 그 일억 사천. 제가 관심이 좀 있으니까, 좋은 조건으로 제안 좀 해주세요."

과분한
기억

　그날 행사장에서 풀어졌던 말 눈가리개는 다음 날 출근 즉시 다시 채워졌다. 작고 이수선한 병원에 들어서는 순간 '현타'가 몰려왔다. 그리고 지금 쓰고 있는 초음파 기계의 리스 비용을 갚으려면 아직 몇 년이 남았다는 것도 새삼 깨달았다.

　'아, 그 업체에서 진짜 연락하면 어떡하지?'

　수의 콘퍼런스에서 잔뜩 들었던 헛바람은 다 빠지고 가방에 기념품 몇 개만 남았다. 어제 콘퍼런스장에서 받았던 기념품 중 제일 쓸 만한 것은 수의사회 로고가 박혀 있는 보조 배터리였다. 흰 바탕에 뱀이 감긴 지팡이에 V 자가 겹쳐진 로고가 새겨진 배터리였다. 그 배터리를 보는 순간 '야, 이거 학생들한테 상품으로 주면 동기 부여가 완전 잘되겠는데!'라고 생각했다.

　매달 수업 시간마다 지난달에 배운 내용으로 간단한 퀴즈를 내는데, 1등을 한 학생에게 매번은 아니지만 간단한 상품을 주고 있다. 그간의 경험에 비춰보면 값비싼 상품보다 (실제로 값비싼 상품을 준 적은 없지만) 단연 인기가 좋은 상품은 수의사회 로고가 박힌 물건이었다. 그래서 이 수의사회 로고가 박힌 보조 배터리를 받자마자 '와우, 왕건인데!'라고 속으로 쾌재를 부르면서 지난달 테스트에 1등을 한 남규 학생을 떠올렸다. '남규 학생이 공부하면서 힘들어하다가 이 보조 배터리로 스마트폰을 충전하면 지쳤던 몸과 마음도 같이 충전되겠지. 이건 정말 의미 있는 선물이야! 캬!'

선물은 아직 전달도 하지 않았건만 이미 내 머릿속에는 남규 학생의 IQ, EQ, 바이오 리듬의 그래프가 최고조로 치솟는 그림이 그려지고 있었다.

그 학생은 작년에도 수업을 들었지만 그때는 별로 눈에 띄지 않던 학생이었다. 나중에 그 학생이 어딘가 적은 글에 따르면 시험에 실패를 하고 괴로워하던 시기에 '좋은 소식을 드리지 못해서 죄송합니다'라고 내게 연락을 했었는데, 당시 내가 아래와 같은 메시지를 답장으로 보냈다고 했다.

다시 시작하세요. 불안해하지 마시고… 꼭 되실 겁니다.
하면 되실 것이고, 안 하면 끝인 겁니다.

미안하게도 나는 그 사실을 기억하지 못하지만 남규 학생은 저

메시지를 보고 다시 공부를 시작했다고 한다. 그리고 올해 첫 수업 날 수업이 끝나고 내게 "선생님, 올해는 정말 열심히 해보려고요" 라고 했던 것 같다.

그때 이후로 남규 학생은 눈에 띄기 시작했다. 퀴즈에서 매번 상위권에 랭크되고, 1등을 하는 횟수가 늘어나더니 어떤 달에는 누구도 하지 못했던 100점이라는 점수를 맞기도 했다.

사실 내가 내는 퀴즈는 정말 무책임하게 여기저기서 아무 문제나 따서 내기 때문에 내가 풀어도 50점을 넘기 어려운 문제들이었다. 실제 시험장에서 쫄지 말라는 취지로 일부러 어려운 문제를 출제한다고 둘러대고는 있지만 실상은 난이도를 고려해서 출제할 만큼 사려 깊지 못한 나의 귀차니즘에서 비롯된 것이다. 그런 시험에서 100점을 맞다니, 올해는 이 학생이 작년보다 정말 열심히 한다는 생각을 하고 있었다.

다음 수업 시간에 남규 학생에게 온갖 공치사를 하면서 대단한 상품인 양 세뇌시키며 보조 배터리를 전달했다. 스마트폰과 함께 그 학생의 에너지도 같이 충전되는 상상을 하면서 혼자서 즐거워했다.

며칠 후 나만의 즐거운 상상을 깨는 연락을 남규 학생으로부터 받았다. 평소에 연락을 주고받는 사이가 아니었는데, 아마 연초에 내가 메시지를 보냈다고 한 이후 처음 온 연락일 거다. '선생님, 이

것 좀 보세요.'라고 남긴 메시지에 내가 준 보조 배터리 사진이 있었다. 그런데 그 배터리는 내가 줬던 당시의 상태와는 달리 온갖 기괴한 그림과 낙서로 잔뜩 더럽혀져서 십자가에 못 박히듯 벽에 매달려 있었다. 그 옆에는 역시 잔뜩 더럽혀지고 낙서가 가득한 내 명함이 같이 벌을 받듯 매달려 있었다.

'아니, 이걸, 쓰라고 준 건데. 이게 뭐야? 이걸 나한테 왜 보여주지?' 순간 불쾌한 기분이 들었다. 지금에야 밝히지만 사실 순백의 그 배터리를 받았을 때 '오, 간지 작렬! 내가 쓸까?' 하는 유혹이 들었다. 하지만 나의 간지보다 남규 학생의 사기를 급속 충전 시키는 것이 훨씬 중요하다고 생각해서 상품으로 줬던 것이었는데, '이렇게 낙서나 하고, 구석에 처박아둘 거면 차라리 나나 줄 것이지' 짜증이 나서 '네, 잘 지내세요.' 하고 퉁명스럽고 짧게 인사를 하고 대화를 끊어버렸다.

♥

연말이 지나고 1월이 오면 각 대학에서 수의대 편입학 시험이 치러진다. 요즘은 정원이 많이 줄어서 정원이 한 명인 학교가 꽤 많이 있는데, 어떻게 그런 학교에 지원하고 합격을 하는지 신기할 따름이다. 옆에서 지켜보는 것만으로도 살 떨리는 경험이다.

♥

2월이 오면 순차적으로 합격자 발표가 시작된다. 이 잔인한 결과에 따라 합격자는 무대의 중앙에 나서서 환호하고, 시험에 떨어진 이들은 고개를 떨구고 무대의 뒤편으로 조용히 사라져간다. 예비 2번이거나, 혹은 예비 1번이라도……

한 수의대의 편입학 시험 합격자 발표가 있는 날 아침. 그 학교의 합격 정원도 한 명이었다. 그 학교는 누가 붙으려나 하고 잠시 생각하다가 문득 요즘 병원이 너무 안 된다는 걱정에 사로잡혀 '왜 이렇게 사람이 안 오는 거야?'라는 생각으로 유리창 밖에 지나가는 사람을 세고 있었다.

그때 한 청년이 불쑥 병원으로 들어왔다. 남규 학생이었다. 급하게 걸어왔는지 얼굴이 발갛게 상기되어 있었다.

"어, 어쩐 일이에요. 왜, 연락도 없……"

순간, 나는 깨달았다. '아, 이분이 합격을 했구나.'

"혹시, 합…격?"

대답 대신 남규 학생은 입술을 깨물면서 눈물이 가득한 눈으로 내 눈을 한번 바라보고 손에 들려 있던 종이를 내게 건네주었다. 오늘 합격 발표가 있는 학교의 합격 증서였다. 시간으로 봐서 합격 발표가 되자마자 출력해서 달려온 것이 분명했다.

잠시 정적이 흘렀다. "축하해요"라는 말을 꺼내려는데 차분하게, 하지만 울먹이는 목소리를 다져 누르며 남규 학생이 말했다.

"선… 생… 님, 제가, 제가 너무 힘들었습니다. 공부하면서 순간순간이 너무 힘들었지만 힘들 때마다… 합격하면 합격증을 뽑아서 바로 선생님 병원으로 가서 이렇게 드리는 날을 상… 상… 상상하면서… 하면서 공부했습니다."

말을 마치고 남규 학생은 엉엉 울기 시작했다. 남규 학생을 부둥켜안고 나도 같이 울었다.

나는 기억조차 하지 못하는 열심히 하겠다던 약속을 지키기 위해서 얼마나 힘들었을지, 얼마나 많은 것을 참아냈을지 감히 상상도 할 수도 없었다. 그저 감격스럽고 감사하고 대견한 마음이었다.

그러면서 알게 되었다. 왜 그 학생이 내가 준 물건들을 그렇게 매달아 두었는지.

그 학생은 그 물건들에 내 이름과 우리 병원의 로고를 그려 넣고, 책상 앞 벽에 붙여놓고, 매일매일 자신에게 암시를 걸었던 것이다. 마치 주문처럼… 반드시 합격해 저곳에 가서 그분께 합격 증서를 전할 것이라고.

오늘 내게 온 것으로 올해 열심히 하겠다는 작년의 약속을 지킨 것이다.

지금도 그 순간을 생각하면 너무나 뿌듯하고 감격스러워 눈물을 흘릴 때가 많다. 참으로 과분한 기억이다.

그 떡의
의미

올 초 설 연휴 기간이었다. 원래 설 연휴에는 병원에 출근하지 않지만 이번에는 급한 수술이 잡혀 있어 출근한 날이 있었다. 이렇게 가끔 휴일에 나오면 쉬지 못한다는 단점은 있지만 일반 진료를 하지 않기 때문에 집중하면서 여유 있게 수술을 할 수 있다는 장점이 있다.

문을 열지 않는 날이기 때문에 블라인드도 올리지 않고, 안쪽 수술실을 제외하고는 불을 끈 상태였다. 막 수술 준비를 하고 있는데, 남규 학생에게서 전화가 왔다. 몇 년 만의 전화였다.

"안녕하세요! 잘 지내세요?"

"예, 선생님. 안녕하세요. 오래간만에 인사드립니다."

"오랜만에 새해라서 전화하신 거군요. 새해 복 많이 받으세요."

"예, 선생님도 새해 복 많이 받으세요."

"요즘 어떻게 지내세요?"

"저, 선생님. 지금 어디 계세요?"

"왜요. 저 지금 병원에서 막 수술 들어가려고 해요. 큰 수술은 아닌데 오늘 꼭 해야 하는 수술이 있어서요."

"아, 네. 휴일에도 고생이 많으시네요."

"항상 그런 건 아니에요. 오늘은 드물게 특별한 날이에요."

"아, 그러세요. 저, 선생님, 그런데… 문 좀 열어주세요."

"네, 문이요? 어디… 혹시 우리 병원에 왔어요?"

"네, 선생님. 제가 지금 병원 앞이거든요."

"아, 그래요? 잠시만요……."

문 앞에 남규 학생이 서 있었다.

"아니, 원래는 휴일이라서 병원에 안 나왔을 텐데 못 만났으면 어쩌려고요. 연락을 하고 오시지."

"예, 그냥 한번 와봤습니다."

"만났으니 망정이지 정말 다행이에요. 그나저나 이제 몇 학년이죠?"

"네, 선생님, 저 이번에 국가고시 봤습니다."

"뭐라고요? 아, 죄송해요. 그리고 축하드려요. 물론 합격하셨겠죠?"

"네, 덕분에……."

수술을 해야 해서 별다른 얘기는 하지 못했다. 수술을 끝내고 졸업 후 근무할 동물병원 얘기를 조금 하다가 약간 서먹한 분위기에서 돌아갔다. 가면서 보자기에 싸인 꾸러미를 놓고 갔는데, 나중에 메시지를 보냈다. 그 메시지엔 '선생님, 흑임자 인절미 맛있게 드세요. 선생님 생각하면서 아침 일찍 가서 기다렸다 찾아온 거예요'라고 적혀 있었다.

집에 와서 '웬 인절미지? 별로 안 좋아하는데'라고 생각하면서 한입 베어 물다가 문득 그분이 왜 왔는지 알 것 같았다. 아까는 수술에 정신이 팔려서 '왜 아무 연락도 없이 왔지? 그것도 휴일에?' '내가 수의대생들 병원에 오지 말라고 하니까 그냥 불쑥 왔나?' '아, 오늘의 안온한 수술이 방해받는구나'라고만 생각했었는데 무심하게도, 내가 몰랐었다. 그 학생이 왜 왔는지.

그는 이번에 수의대를 졸업하면서 수의사 국가고시에 합격하고, 발표가 나자마자 내게 찾아온 것이다. 마치 수의대에 처음 합격했을 때 나를 찾아온 것처럼. 그 학생 나름의 의식을 마무리하는 것이라고 할 수도 있고, 아니면 자신과의 약속을 지키기 위해서일 수도 있지만, 수의대 생활의 시작과 끝을 함께하기 위해 일부러 찾아온, 나에게도 실로 영광스러운 순간이었는데… 나는 남규 학생의 마음도 모르고 휴일인데 왜 왔냐는 식으로 약간은 쌀쌀맞게 대했던 것이다. 어쩌면 그 학생은 수의대 공부를 하면서도 졸업 후 수의사가 되면 다시 나를 찾아가겠다고 생각하면서 수의대 생활의 힘든 일들을 견디고 버텼을지도 모르는데…….

떡을 씹으면서 그 학생과 있었던 일들을 가만히 떠올려보았다.

상품으로 보조 배터리를 줬던 일, 마음 상했던 기억, 그리고 합격증을 들고 찾아왔던 날, 서로 부둥켜안고 울던 감격스러운 순간. 그런 순간을 생각하면서 감정이 고조되며 막 눈물이 나오려다가 갑자기 눈물이 쏙 들어갔다. 김 부장님께 버럭 소리를 질렀다.

"어, 이거. 이 떡 왜 이렇게 맛있는 거야! 이거 어디 떡이지?"

이 떡은 함부로 대할 떡이 아니었다. 이 떡은 그런 떡이었던 것이다.

정말
미안해

● 이 글의 배경은 아주 오래전임을 밝힌다 ●

간밤의 뜨거운 열기가 잠시 식은 이른 아침, 동물병원 병돌이의 하루가 시작된다. 오늘은 하는 일 없이 뭉그적거리다가 병원에 조금 늦게 올라왔기 때문에 서둘러서 병돌 업무를 끝내야 수업에 늦지 않을 수 있다.

빛의 속도로 집중치료실로 직행해서 밤새 쌓인 수건 통을 들고 세탁실로 갔다. 세탁실 문을 여는 시간부터 정확히 30초 후면 세탁실을 나와 걸레를 빨고 있을 것이다.

세탁실 안은 언제 봐도 어수선하다. 병원의 각 과에서 공동으로 사용하는 공간이라 관리의 주체가 명확하지 않아서 (엄밀하게 따지자면 병원 근로 학생의 청소 구역인 것 같기도 하다.) 여기저기에 수건이나 가운 같은 것들이 널브러져 있는데, 이곳에 들어설 때마다 직무를 유기한 것 같은 찜찜한 기분이 든다.

세탁기를 열고 수건들을 투하하는 데 10초, 세제를 넣는 데 5초, 이제 뚜껑을 닫고 뛰어나가려고 하는데 세탁실에 못 보던 바구니가 있는 것을 발견했다. 진료실에서 쓰는 타월이 담긴 바구니였다. '아, 누가 이걸 여기 그냥 뒀지? 가져왔으면 돌려놓지.' 막 짜증이 올라왔었는데, 순간 어제 내가 가져왔다가 빨래가 이미 돌고 있어서 그냥 두고 간 빨래라는 것이 생각났다. '그래, 나 말고 누가 이걸 여기 놓겠어. 얼른 같이 돌리자.' 바구니 쪽으로 뛰어가서 고개를 숙여 들어 올리려는데, 뭔가 검고 큰 물체가 수건 더미 속에서 꿈틀거리는 것이 보였다.

간이 떨어지고, 오금이 저린 순간이었다. 비둘기 사건을 겪은 후에 트라우마가 생겨서 세탁실 안에서, 특히 수건 사이의 물체는 다 비둘기로 보이고 세탁실에서 물체의 움직임은 다 조류의 날갯짓, 비둘기의 날개가 푸드덕거리는 것처럼 느껴졌다.

내게 그 물체의 움직임은 '슈퍼 빅 초대형 푸드덕'이었다!

뒤로 물러서서 입을 벌린 채로 멍하니 서 있는데, 문제의 그 존재가 움직이기 시작했다. 정신을 차리고 살펴보니 웅크린 채로 자고 있던 검은색 강아지였다. 그 강아지는 나의 혼비백산은 아랑곳하지 않고 바구니 안에서 조용히 나를 올려다보고 있었다.

"야, 너… 이 녀석, 비둘긴 줄 알았잖아! 깜짝 놀랐네. 인기척을 했어야지!"

털이 부스스하고 약간 지저분했지만 귀엽고 해맑은 표정이었다.

"그런데, 너 누구야? 어디서 왔어? 여기서 잔 거야?"

놀람은 반가움으로 바뀌고, 시간 가는 줄 모르고 강아지의 호구조사를 하고 있었다.

하지만 반가움은 몇 초 지속되지 않았다. 아이의 행색과 발견된 장소로 미루어보아 반갑다고 인사할 상황이 아니었던 것이다.

다시 짜증, 화, 안타까움 같은 감정들이 범벅되어 올라오기 시작했다.

"야, 이 바보야! 탈출을 했으면 멀리 도망가야지. 여기 이러고 있으면 어떡하니?"

강아지는 병원 내 어느 실험실에서 관리하는 실험견인 것 같았다. 털이 깎여 있었고, 피부병 유발 실험을 당한 듯 피부 곳곳이 짓무른 상태였다. 밤사이에 몰래 탈출한 것 같은데, 이 녀석은 바보같이 밖으로 나가지 않고 세제와 수건이 쌓여 있는 세탁실 안 바구니 속으로 들어간 것이다. "아니 왜, 왜 도망을 안 갔니? 문도 다 열려 있는데……." 너무 어이가 없고 슬프고 비통했다.

작년에도 비글 한 마리가 달아난 적이 있는데, 그때 탈출한 비글을 잡아서 데려온 적이 있었다. 비글을 안고 돌아오면서 느꼈던 죄책감이 다시 떠올랐다. 마음 같아서는 이 아이도 당장 집에 데려가서 집사람에게 욕 한번 먹고 입양처 좀 찾아달라고 하고 싶지만 병원에 있는 동물을 함부로 데리고 나갈 수는 없었다.

나를 올려다보고 있는 까만 강아지

'그래, 어쩌면 무시무시하게 죽거나 고통을 겪는 실험이 아닐 수도 있잖아. 어떤 실험실에서 그냥 잠시 데리고 있는 강아지일 수도 있어. 하지만 만약에, 이 아이가 결국 고통스럽게 실험이나 실습에 쓰이게 된다면……'

고작 삼십대의 일개 수의대생이 감당할 수 없는 고뇌의 순간이었고, 그 강아지에게는 생과 사가 결정되는 운명의 순간이었을 수 있다. 하지만 결국 나는 원무과에 가서 발견 경위를 말씀드리고 그 강아지를 인계해드렸다. 미지의 실험에 사용되고 있을지도 모르는 동물이라서 어쩔 수 없었다고 애써 항변할 수 있겠지만 아직도 나는 그 강아지에게 너무 미안하다.

이제는 아무 소용도 없겠지만,
'그날 그래서 정말 미안해.'

털 뭉치
강아지

수업이 끝나고 병원 원무과에 갔을 때, 세탁실의 검은 강아지는 보이지 않았다. 병원 이곳저곳을 기웃거렸지만 찾을 수 없었다. 혹시나 하고 동물병원 바깥에 있는 견사에도 가보았다. 땡볕 아래 늘어선 사각형 금속제 견사 안에 실험견들이 있었다. 자세히 찾아보았는데 역시 그 강아지는 보이지 않았다.

그러다가 털이 잔뜩 뭉친 상태에서 헐떡이고 있는 강아지 한 마리를 발견했다. 털이 너무 뭉쳐 있어서 헐떡이는 털 뭉치와 눈이 마주쳤다는 표현이 맞을 것 같았다.

'아니, 이 강아지는 실험견이 맞아? 시츄 같은데……. 이 더위에 깡통 같은 견사 안에서 얼마나 더울까?' 다른 실험견들도 힘겨워하고 있었지만 그 털 뭉치 실험견은 유독 더 힘이 없어 보였다.

'아, 털이라도 없었으면 좋으련만 털을 깎아줄 수는 없나?'

안타까운 마음이 들었지만 앞에 서서 잠시나마 볕을 가려주는 것밖에는 해줄 수 있는 것이 없었다.

다음 날 털 뭉치 시츄가 걱정되어 병원 뒤 검사를 찾았는데, 그 강아지는 이제는 몸을 일으키지도 못하고 숨을 헐떡이고 있었다. 뭐라도 해주고 싶은데 해줄 수가 없는 것이 너무 안타까웠다. 보기에는 아무 실험도 하지 않고 그냥 데리고 있는 상태인 것 같았다.

실험 동물들은 그 실험 동물이 속한 실험실에서 관리한다. 어떤 실험을 하고 있는지 알 수 없기 때문에 임의로 만지거나 먹을 것을 줄 수 없는 것이 기본 원칙이다. 하지만 동물 실험이 동물들이 견딜 수 있는 수준을 넘는 고통을 수반하거나 가혹한 환경에서 행해진다면 이러한 원칙이 의미가 있을까 하는 의문이 들었다.

'지켜보는 내가 이렇게 힘든데, 저 아이는 얼마나 힘이 들까.

수의대 한구석에 방치돼 있던 털 뭉치 실험견.

더 이상 안 되겠어.'

　며칠간 그 털 뭉치 실험견을 지켜보다가 더 이상 방치하다가는 그 아이가 죽을 것 같다는 생각이 들었다. 얼마 전에도 근처 철장 안에서 죽은 채 발견된 실험견이 있었는데, 이 아이도 그렇게 되게 놔둘 수는 없었다.

　뭐라도 해보겠다고 마음을 먹었지만 병원 바닥 시멘트보다 더 낮은 레벨인 병돌이의 입장에서는 당장 할 수 있는 것이 없었다. 해당 실험실에 이 실험견의 처우를 개선해달라고 얘기하고 싶었지만 내게는 생각만큼 쉬운 일이 아니었다. 끙끙거리며 고민하다 용기를 내서 해당 실험실의 윗 학년 선배님에게 털 뭉치 강아지의 털을 깎아주실 수 있는지 물어보았다. 의외로 쉽게 알았다는 대답을 듣고 돌아왔다.

　하지만 며칠이 지나도 털 뭉치 실험견은 그대로였다. 이제 숨만 간신히 쉬고 있었고, 거의 움직일 수 없는 모습이었다. 해당 실험실에 그 실험견의 상태를 말씀드리고 털이라도 깎아주실 것을 다시 부탁드렸는데, 아무 조치가 이뤄지지 않았다.

　바쁘게 돌아가는 수의대 생활에서 모두가 할 일이 있고, 실험실마다 계획이 있겠지만 딱히 실험에 쓰이지도 않는 동물을 데려다가 그대로 비참하게 죽도록 방치하는 것에 너무 화가 났다. 이러다가 정말 그 강아지가 죽을 것 같아서 그 아이의 털을 깎게 해달라고 사정을 한 후, 강아지를 병원 안으로 데리고 들어왔다.

　냉방이 되는 병원 내부로 그 강아지를 데리고 들어왔다는 것이 너무 기뻤다. 병원 한구석에서 물을 먹이고, 더위를 식힐 수 있도록 기다렸다. 그 강아지는 힘이 없어서 제대로 서지도 못했지만 물을 먹으면서 힘없이 꼬리를 흔들고, 내게 눈을 맞춰주었다.

　클리퍼를 빌려와서 털을 깎기 시작했다. 클리퍼의 날이 한번 지나갔을 때, 후드득 소리가 나면서 가루 같은 것이 떨어졌다. 털이 깎인 자리에는 흡사 참깨 같은 물체들이 다닥다닥 붙어 있었다. '이게 뭐시?' 대부분의 알갱이들이 털을 깎으면서 벗겨져 나갔지만, 워낙 많은 상태라 남은 알갱이들만으로 그 강아지의 몸은 깨 범벅 같았다.

힘든 와중에도 꼬리를 흔들어주었다.

자세히 살펴보니 온몸에 달라붙어 있는 것은 깨알같이 생긴 기생충들이었다. 거꾸로 매달린 기생충들은 그 강아지의 피부에 달라붙어서 피를 빨아먹고 있었다. 찜통더위 속에서 기생충들에게 피를 빨리면서 털북숭이 강아지는 죽어가고 있었던 것이다.

털을 깎고 깨 범벅 시츄를 목욕시켰다.

'내가 너를 왜 진작 보지 못했을까. 이제야 털을 깎고 목욕을 시켜줘서 정말 미안해.'

손을 덜덜 떨면서 목욕을 끝내고 깡통집 위에서 강아지의 몸을 말려줬는데, 미안하고 죄스러웠지만 속은 정말 후련했다.

병원에 근무하는 수의사 선생님께 시츄의 상태에 대해 말씀드리고 도움을 요청했다. 검사 결과 그 기생충은 피를 빨아먹는 '이'

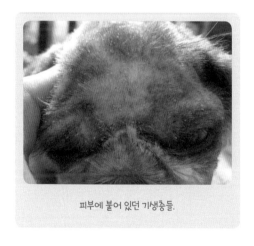

피부에 붙어 있던 기생충들.

였고, 시츄는 빈혈 상태였다. 실험실에 시츄의 상태에 대해서 말씀드리고 치료받는 기간 동안 데리고 있도록 허락을 받았다. 동물병원 근로 학생으로 있었지만 수의사도 아니었고, 아는 것도 없고 가진 것도 없었기 때문에 주위 수의사분들께 부탁을 드려서 시츄를 돌보고 치료받을 수 있도록 했다.

시츄의 이름을 지어줘야 했다. 특별히 떠오르는 이름이 없어 털을 깎고 느낀 첫인상대로 깨돌이라고 부르기로 했다.

해준 것이 별로 없었는데 깨돌이의 상태는 바로 좋아졌다. 회복된 깨돌이를 원래 있었던 찜통 속으로 다시 돌려보낼 수가 없었다. 아직도 많은 실험견들이 그 환경 속에서 고통받고 있었지만 깨돌이만이라도 그곳에서 벗어나게 해주고 싶었다. 조심스럽게 내가 깨돌이를 입양할 수 있는지 여쭤보았다. 실험실에서는 이미 깨돌이에 대해서는 반쯤 포기하신 것 같았다. 또 약간의 보살핌으로 건강하게 달라진 모습을 같이 기뻐하시기도 했기 때문에 깨돌이의 입양을 허락해주셨다.

깨돌이를 우선 집사람에게 데리고 갔다. 처음에는 낯선 환경을 서먹해하던 깨돌이는 곧 새 환경에 적응하기 시작했다. 당시에 서울에서 같이 일하던 한 친구가 워낙 강아지를 예뻐하고 아꼈기 때문에 깨돌이는 그 친구의 사랑을 받으면서 잘 지냈다.

몇 달이 지나자 깨돌이에게서 원래의 실험견의 모습은 찾을 수 없었다. 좋은 분을 만나서 입양을 갔고, 더 이상 깨돌이라는 이름으로 불리지 않게 되었다.

세탁실에서 만났던 그 검은 강아지는 그 후로 다시 만나지 못했다. 만약에 훗날 내가 깨돌이를 만날 수 있다면, 깨돌이가 내게 말을 할 수 있어서 혹시라도 그때 털을 깎아주고 치료해줘서, 병원에서 데리고 나와줘서 고맙다는 말을 한다면… 대답해줄 것이다.

"아니야, 깨돌아. 고마운 건 내가 아니고… 세탁실의 그 검은 강아지란다."

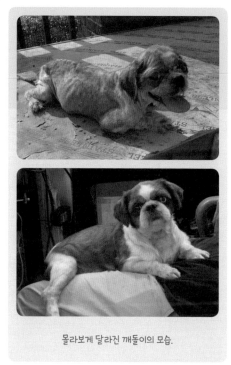

몰라보게 달라진 깨돌이의 모습.

해피
엔딩
스토리

학교에 다니던 어느 해 겨울, 학교 병원에 왔던 외국인 손님이 전화를 해서는 개인적인 도움을 청한다며 주소 하나를 알려주었다. 그 주소지는 어떤 빌라였는데, 가보니 입구에 요크셔테리어 한 마리가 너무나 정성스럽게 버려져 있었다. 지나다가 버려진 개를 발견하고 연락할 곳이 없어 내게 연락을 준 것 같았다.

"아니, 어쩜 이렇게 알뜰살뜰하게 개를 버리셨을까. 아예 이삿짐을 싸서 버리셨네."

강아지는 사용하던 집과 사료 등 용품 전부와 함께 빌라 입구에 버려져 있었다. 안타까운 마음에 나에게 연락을 주었겠지만 나라고 딱히 유기된 강아지를 보낼 곳이 없었다. 잠시 고민하다 '어떻게든 되겠지, 이혼이야 당하겠어' 하는 심정으로 강아지와 딸린 짐들을 챙겨 들고 일단 학교로 돌아왔다. 다행히 지도 교수님이 선처해주셔서 집에 가기 전까지 강아지를 데리고 공부할 수 있었다.

한동안 학교에서 지내던 그 강아지를 언제나 그렇듯 집사람에게 데려갔고, 잡아먹을 듯 난리를 치던 집사람의 보살핌을 받던 아이는 새로운 가정으로 입양을 가서 행복하게 살게 되었다. 그리고 그 아이와 함께 버려졌던 동굴형 방석집은 나와 같이 병돌이를 하던 후배(나에게도 후배 병돌이가 생겼다!)가 "형, 이거 버릴까요?"라고 물어봤을 때 "아니, 버리지 말고 부검실 구석에 잘 모셔둬!"라는 나의 지시로 부검실 구석에 봉인되어 있었다.

♥

'아싸! 휴강이다!'
　학교 생활을 하면서 가장 좋은 순간을 꼽으라면 시험이 연기되었을 때와 휴강된 때였다고 할 수 있다. 어떤 사람들은 시험이 끝났을 때가 더 좋지 않았냐고 물어보겠지만, 시험을 한 번도 깔끔하게 잘 본 적이 없기 때문에 슬프게도 시험이 끝난 순간에 특별히 기분이 좋았던 기억은 없다.
　나는 이제 수의대에서 마지막 학년을 보내고 있다. 기초 과목을 끝내고 주로 동물병원에서 임상 실습 수업을 듣고 있다. 나름 들은 풍월도 늘었다고 제법 폼을 잡고 다니고 있지만, 실상 아는 것은 별로 없는 상태였다.
　모처럼의 휴강이라 시원한 음료수라도 마시며 한가로움을 즐기려는데, 후배에게서 전화가 왔다.

"형, 해피가 아무래도 이상해요. 와보셔야 할 것 같아요."

"어? 무슨 일이야? 빨리 갈게."

지금 생각해보면 요즘 메디컬 드라마에 나오는 '응급콜'을 받은 것이다.

해피는 우리가 관리하게 된 내과 수업 실습견이다. 당시에는 임상 실습 시간에 실험 동물을 데리고 여러 가지 실습을 했는데, 외과 실습 시간에는 직접 동물을 대상으로 수술을 했었고, 내과 실습 시간에는 조교들이 동물들에게 치명적인 질병을 유발한 후 학생들이 진단하고 치료하는 실습을 했었다. 지금 같으면 상상도 할 수 없는 비인도적인 실습이었다. 이런 실습을 앞두고 내가 수술한 외과 실습견을 어떻게든 살려서 입양을 하고, 내과 실습 시간에도 어떻게든 동물을 살려서 병원 밖에서 새 삶을 살 수 있도록 하고 싶다는 바람을 가졌었다.

그런데 어제 우리에게 인계된 내과 실습견 해피의 상태가 이상하다는 것이다. 아직 질병 유발을 하기도 전인데……

생각해보면 해피의 상태가 이상할 만도 했다. 실습견들이 들어오던 날 우연히 실습견을 싣고 온 트럭을 보게 되었다. 찜통더위가 기승을 부리는 이 날씨에 포장을 꽁꽁 둘러친 트럭이었다. 포장 안 짐칸에는 강아지들이 빽빽하게 들어찬 철망장들이 포개져 들어 있었다. 보기만 해도 숨이 막히고 눈물 나는 장면이었다.

한여름에 실험견들을 싣고 온 트럭

직접 보니 해피의 상태는 심상치 않았다.

"형, 해피가 숨을 헐떡이면서 안절부절못하는데요. 아무것도 먹지 않고요. 그리고 아까 외음부에서 뭔가 분비물이 묻어 나왔는데, 약간 녹색이었어요."

"녹색 분비물?"

여러 가지 생각이 들었지만 분명하게 떠오르는 것은 없었다. 그러다가 며칠 전에 살까 말까 망설이다 새로 구입한 산과 책을 대충 훑어보다 'Green vaginal discharge'라는 단어를 봤던 기억이 났다. 책을 가지고 와서 그 단원을 찾아보니 '출산'에 관한 단원이었고, '난산'의 징후를 설명한 페이지에서 'Green vaginal discharge'라는 단어를 찾을 수 있었다.

"해피는 임신 중인 것 같아. 내 생각엔 애가 출산할 때가 지났는데 트럭 속 환경이 열악하니까 참으며 출산을 못하다가 지금 출산할 것 같은데… 뭔가 늦어지고 있는 것 같아."

"어쩌죠, 형?"

"일단 어디라도 좀 조용하게 출산할 곳이 필요한데, 여긴 다른 동물들도 많고… 안 되겠다. 해피 안고 같이 가자."

그동안 병돌 활동을 하면서 모아놓은 물자를 총동원해서 내가 확보할 수 있는 병원 뒤 공간에 순식간에 해피의 공간을 마련했다. 녹슨 철망장, 찌그러진 밥그릇, 다 떨어진 담요…… 남들에게는 쓰레기처럼 보이는 물건들이었지만 당시로서는 내가 활용할 수 있는 전부를 동원한 것이었다. 그 안에만 들어가면 해피가 '땡큐!' 하면서 순풍, 새끼를 낳을 줄 알았는데, 해피는 새끼 낳을 생각이 쏙 들어갔는지 개껌에만 몰두하고 있었다. 아는 것도 없고 가진 것도 더

껌 씹고 있는 해피.

없어서 난감한 상황이었지만 해피는 잠시 행복해 보였다.

"아, 뭐예요, 형! 껌만 먹고 있잖아요. 임신이라면서요! 애도 아주 멀쩡해 보이는데요. 간식이 먹고 싶었던 거네요."

단호하게 난산이라며 따로 집을 만들어준 내가 머쓱해지는 순간이었다.

"아니, 내가 며칠 전에 엄청 비싸게 주고 산 산과 책에는… 아, 이상하네. 뭐가 부족한 건가?"

무안해하면서 주위를 맴돌다가 문득 작년 겨울 빌라 입구에 요크셔테리어와 함께 버려진 동굴 방석집이 생각났다. 언젠가 쓰일지 모른다며 부검실 구석에 감춰 두었던.

"얘가 들어갈지 걱정이네."

방석집을 가져와서 케이지에 넣어주었다. 그러자 놀라운 일이

방석집을 넣어주자
순풍 하고 새끼를 낳았다.

일어났다. 해피가 방석집을 보자마자 그 안으로 뛰어들어가더니 순식간에 새끼 한 마리를 출산한 것이다.

"아, 깜짝이야! 얘가 지금까지 어떻게……."
"형, 정말 참고 있었나 봐요."
"글쎄, 나도 잘 모르겠어. 정말 참았나? 놀라운 일이네."
새끼의 배꼽을 소독하고, 마침 며칠 전 결찰 연습을 하다가 우연히 딱 한 가닥 남겨뒀던 블랙 실크 봉합사로 결찰을 해주었다.

"야, 그런데 해피는 정말 운이 좋은 것 같아. 일단 네가 애 분비물 나올 때 본 깃도 행운이고. 아침에 휴상 아니었으면 연락도 못 받았을 거 아냐? 또 내가 며칠 전에 엄청 고민하다가 산과 책을 산 것도 다행이고. 그리고 그 봉합사, 결찰 연습하다 지겨워서 하나 남기고 그만했는데. 그걸 딱 쓰게 되고. 무엇보다, 작년에 덕규가 버리려고 하던 방석집을 안 버리고 가지고 있었는데, 거기 들어가서 새끼를 낳다니. 너무너무 다행이네."
학교에서는 어렵게 출산한 해피를 실습에서 제외시켜 주었다. 하지만 실습에서 제외된 직후 해피의 새끼는 엄마의 곁을 떠나 하늘나라로 가고 말았다. 출산 과정에서 스트레스가 컸던 것 같았다. 많은 행운이 해피를 도왔지만 결국 새끼는 잃게 된 것이다.

이미 여러 마리의 실험견들을 데려다 입양시켰지만 해피를 학교 밖에서 살 수 있게 해달라고 한 번 더 학교에 부탁을 드렸다. 해 피는 한동안 나와 학교 생활을 같이하다가 우여곡절 끝에 수의대 후배에게 입양되었다.

학교 생활을 하면서 많은 동물들과 함께했지만 해피만큼 운이 좋았던 아이는 드물었던 것 같다. 죽음의 트럭에서 살아나왔고, 실험 대상으로 끌려온 학교에서 실험이 면제되고, 한동안 수의대를 같이 다니면서 캠퍼스 라이프를 즐기며 뛰놀다 무사히 입양을 갔으니 말이다.

♥

나 역시 많은 어려움이 있었지만, 주위 분들의 도움과 격려 덕분에 무사히 수의대를 졸업하게 되었다. 처음 수의대에 가겠다고 마음먹었을 때는 내가 수의대에 가는 것이 말도 안 된다고 생각했고, 막상 수의대에 합격했을 때는 졸업까지 도저히 버틸 수 없는 상황이라고 스스로 한계를 지어 생각했었다.

'내가 수의대에 가서 무사히 졸업까지 한다면, 나이아가라 폭포에 외줄을 걸어놓고 눈 감은 채로 건너는 것보다 어려운 걸 해내는 걸 거야'라고 얘기하곤 했었는데……. 하루하루 살아가다 보니 그날이 온 것이다.

졸업식 날, 학교를 둘러보며 지나온 세월을 뒤돌아보니 많은 동물들이 떠올랐다. 에로스, 듀롱카, 리사, 세탁실 강아지, 비둘기, 탈출한 닭들, 비글들, 잔디, 비누, 샘, 각 과의 실습견들, 퇴역한 군견들, 해부 실습견들, 마우스, 랫, 토끼, 페렛, 물고기, 1번, 2번, 3번, 4번, 5번… 셰퍼드들, 번호로 이름 매겨진 수많은 다른 동물들……. 이들 중 극히 일부는 이곳을 떠나서 극적으로 새 삶을 얻었지만 대부분의 동물들은 여기서 이미 희생되었거나 희생되어야 한다.

'이 아이들을 두고 떠나야 하다니…….'

복잡한 기분으로 수의대 뒤에 서 있는데, 멀리서 강아지 한 마리가 한눈에 알아볼 수 있는 그만의 경쾌한 달리기로 날듯 뛰어오고 있었다.

해피였다! 해피가 달려오고 있었다. 해피를 입양한 후배가 해피를 데리고 온 것이다. 해피는 마냥 웃고 있었다. 오래간만에 학교에 와서 좋은 것인지, 나를 만나서 좋은 것인지는 모르겠지만 이렇게 웃는 얼굴로 해피가 졸업식 날 찾아와준 것은 나에게는 아주 특별하고 감동적인 졸업 선물이 되었다.

정들었던 동물들과 헤어지는 것은 슬펐지만 우여곡절 끝에 나는 수의사가 되었고, 졸업식 이후로는 해피와 다시 만나지 못했다.

나중에 들은 얘기로는 해피는 그 후배의 친척집에 가게 되었다고 한다. 어느 산자락이라고 들었는데, 해피의 남은 삶이 여느 동화책의 끝자락처럼 '오래오래 행복하게 잘 살았습니다'가 되기를 바란다.

졸업식 날,
행복한 모습으로 찾아와준 해피와 함께.

수의사가
되고 싶은
수의사 1

"빨리빨리 답안 마킹하세요. 빨리!"

시험 감독관이 큰 소리로 재촉하고 있었다. '아니, 아직 시간이 많이 남았는데, 왜 저리 성화야?' 답안 마킹을 거의 끝내가던 나는 감독관의 큰 목소리에 약간 짜증이 나기 시작했다.

시험 보는 내내 성가시도록 큰 목소리로 얘기를 해서 집중할 수 없었는데 마무리 시간에도 시험장이 소란했기 때문이다.

"자, 이제 시간이 얼마 없어요. 빨리빨리."

순간 한 남학생이 손을 들고 답안지 교체를 요청했다. 마킹 실수를 한 모양이었다.

"지금 마킹 시작하면 시간 모자랄 텐데. 되겠어요? 아무튼 다 못 옮기면 그대로 내는 거예요. 빨리!" 시계를 보니 5분 정도 남아 있었다. 마킹을 거의 마쳐가던 나는 고개를 들고 감독관 쪽을 한번 째려보고 마음속으로 항의했다.

'아니, 선생님 때문에 더 마킹을 못하겠다고요.'

이제 몇 문제만 더 옮겨 적으면 나는 곧 수의대생이 될 것이라고 생각했다. 입술을 살짝 깨물고 마킹을 다시 시작하다가 '아차!' 마킹을 한 칸 옆에 해버렸다. 순간 그냥 한 문제를 버릴까 하는 생각도 스쳐갔지만 한 문제라도 아쉬운 상황이고, 시간이 5분 정도 남았기 때문에 새로 답안지를 받아 마킹을 해도 충분할 것 같았다.

손을 들고 답안지가 한 장 더 필요하다고 말씀드렸다. 시험 감독관은 어이없다는 표정을 지었다.

"지금은 도저히 이거 못 옮겨 적어요. 안 돼요."

"죄송합니다. 아직 5분 정도 남아서요. 빨리 하겠습니다."

답안지를 들고 내 쪽으로 천천히 걸어오면서도 그 감독관은 나를 보고는 "안 됩니다"를 외치고, 다른 수험생들을 향해서는 "빨리"를 외치고 있었다. 새 답안지를 받고 심호흡을 했다.

'긴장하지 말자. 긴장하지만 않으면 시간은 충분해.' 답안을 새로 마킹하기 시작했다. 컴퓨터용 수성 사인펜의 끝이 미세하게 떨리고 있었다.

이를 악물고 '긴장하지 말자'를 속으로 외치고 있었지만, 나중에 돌아보니 그때 이미 난 평상심을 잃은 상태였다. 잠시 후 떨리던 사인펜 끝이 다시 실수를 하고 말았다. 3분이 남아 있었다. 잠시도 주저하지 않고 다시 손을 들었다.

감독관은 절대 안 된다고 했지만 나는 화난 눈빛과 음성으로 답안지를 요구하고 있었다.

"답안지 주세요. 빨리!"

실수만 안 하면 시간은 충분하다고 생각했다. 그런데 맙소사. 시험 시간이 종료되기 직전, 거의 마지막 답안을 옮겨 적던 나의 흔들리는 손은 (어쩌면 흐릿해지던 두 눈 때문이었을 수도 있지만) 다시 옆 칸에 마킹을 하고야 말았다.

내가 다시 손을 들자 감독관은 고개를 가로저었고, 나는 감독관에게 사정하기 시작했다.

"선생님, 제발 답안지 옮겨 쓰게 해주세요. 제발 부탁드립니다. 한번만 사정을 솜"

나이 서른이 넘고 처자식이 있는 어른이었지만 어린 학생들 앞에서 눈물을 흘리면서 사정을 하고 있었다. 아까 화를 낸 것이 몹시 후회스러운 순간이었다. 감독관은 답안지를 다시 주었다. 다른 학생들은 다 시험장 밖으로 나갔고 복도에서 숨죽이며 시험장 안을 들여다보고 있었다.

감독관도 이제는 아무 얘기도 하지 않고 나를 지켜만 보고 있었다. 눈물을 닦고 앉았다. 잠시 얼굴과 손을 비비고, 마음이 가라앉기를 기다렸다. 집사람의 얼굴이 떠올랐다. 심호흡을 하고 천천히 답안지를 옮겨 적기 시작했다.

마음이 차분했다. 또박또박, 천천히 한 문제 한 문제를 심혈을 기울여 마킹했다.

무념무상의 경지에서 마킹을 끝내고 이제 마지막 문제의 답만 옮겨 적으면 되는데,

아,

답을 적을 칸이 없었다.

중간부터 한 칸씩 밀려서 또박또박 답을 쓴 것이었다.

답안지에서 프레임쉬프트 뮤테이션(Frameshift mutation, 유전자에 염기서열이 하나 더 삽입되거나 결손되는 형식의 돌연변이로 포인트 뮤테이션에 비해 돌연변이의 정도가 더 심하다)이 일어난 것이다!

책상에 머리를 묻고 잠시 흐느껴 울다가 고개를 들고 답안지를 제출했다.

제정신이 아닌 상태에서 나머지 시험을 끝냈다. 이 학교만 바라보면서 시험을 준비했었는데, 말도 안 되는 실수 때문에 시험을 망쳐버린 것이다. 지원했던 학교 앞 지하철역에 앉아서 들어오는 지하철에 뛰어들고 싶은 충동을 느꼈다. 그때 지하철역에서 장모님께 전화를 드렸던 일이 아직도 기억이 난다.

"어머님, 제가 오늘 시험을 완전히 망쳤습니다. 죄송스럽게도 수의대는 못 갈 것 같습니다."

"괜찮네, 또 보면 되지, 뭐. 수고했고 집에 가서 좀 쉬어. 걱정하지 말고."

집사람에게도 전화해서 미리 불합격을 알렸다. 한 달 정도는 이

불킥을 하면서 벌떡벌떡 일어났던 것 같다.

♥

합격자 발표가 나기도 전에 비참한 마음과 비장한 마음으로 다음 해 시험 준비를 시작했다. 전년도 입학 요강을 바탕으로 분석하고 기존 계획대로 공부를 하기로 했다. 지원하는 학교에서 시험 과목이 추가될 수 있기 때문에 화학과 유기화학도 공부하기로 했고, 따로 시간을 내서 답안지 마킹 연습도 했다.

집이 서울이었기 때문에 무조건 작년에 답안을 밀려 쓴 학교에 가야만 한다고 생각했다. 하지만 만약의 경우를 대비해서 토플이나 토익 같은 공인 영어 점수로 영어 시험을 대체할 수 있는 학교 중 공인 영어 비중이 높은 학교를 한 군데 봐두고 토플 시험도 준비하기 시작했다.

♥

어느 날은 길에서 캐리어를 끌고 가고 있었다. 몇몇 친한 친구나 가족을 제외하고는 사람들에게 수의대 편입을 준비한다고 말을 하지 않았기 때문에 가방을 끌고 다니기가 여간 조심스러운 것이 아니었다. 하지만 책이 너무 크고, 어디 정해놓고 책을 두고 다닐 수가 없기 때문에 끄는 형식의 가방을 쓸 수밖에 없었다. 힘겹게 캐리어를 끌면서 암기 사항이 적힌 수첩을 들고 외우면서 길을 걷고 있었다.

"야! 얀마! 그래, 너! 거기 너 말고 누가 있냐? 일루와 봐!"

우락부락하게 생긴 불량 학생이 돈을 뺏기 위해 골목으로 힘없는 학생을 불러들이는 것 같은 멘트였다. 고개를 들고 돌아보니 고등학교 동창, 정욱이었다. 골목에서 담배를 피워 물고 있는 모습이 영락없는 불량 청소년, 아니 불량 어른이었다.

"야, 너 어디 가냐? 그거 뭐지, 수의대? 아직도 하냐? 너 작년에 떨어졌다며, 참 이그. 끌고 가는 거, 그건 뭐야? 어디 가?"

"이거 책, 가방……."

"야, 작작 좀 해라. 제수씨 생각도 좀 하구. 애는 잘 있냐? 이름이 뭐지, 무종?"

"아니, 이름은 그게 아니고……."

"아니긴 뭐가 아니야. 크게 좀 말해. 그리고 너 원래 공부하는 타입이 아니었잖아. 잘 좀 생각해. 머리는 또 그게 뭐냐. 이발도 좀 하고!"

원래 과격할 정도로 호탕한 스타일이기도 하고 나와 친한 사이이기도 하지만 요즘은 이 친구와의 이런 대화가 정겹지만은 않다. 생긴 모습과는 다르게 근처 은행의 은행원인 이 친구는 내가 이 근처를 지날 때면 항상 어느 골목에서 출몰해서는 돈을 뺏듯 구석으로 끌고 들어가서 온갖 꾸지람을 하곤 했다.

하지만 마지막은 항상 똑같았다.

"야, 밥은 먹고 다니냐. 일루 와! 들어와! 사장님, 여기 설렁탕 한 그릇이요. 제 친구 놈인데 많이 좀 주세요."

♥

제1타깃 학교와 제2타깃 학교를 정하고 여러 가지 변수를 대비해 공부한다는 계획은 그럭저럭 맞아 들어가고 있었다. 다행스럽게도 토플 점수가 원하던 점수에 거의 근접하게 나오기도 했다. 그런데 공부하는 것은 문제가 없었는데, 생활에서 문제가 생기기 시작했다. 그때까지는 집안 사정을 집사람에게 맡기고 공부만 하고 있었는데, 더 이상 그럴 수 없는 상황이 온 것이다. 공부할 시간은 줄었고, 길에서 걸으면서 공부하는 시간이 늘어났다. 그날도 뭔가를 암기하면서 지하철역에 들어서고 있었다.

"야, 너 오래간만이다."

'앗, 이분은⋯⋯.'

작년에 공부하면서 알게 된 성재 형이었다. 이번에 한 수의대에 합격했다고 전해 들었다.

"안녕하세요. 여긴 어쩐 일이세요?"

"어, 나 이 동네 살아. 너도 근처 살아?"

"아, 네, 저도 근처 살아요."

수의대에 합격한 분을 길에서 공부를 하며 걷다 마주쳤다는 것이 너무 당황스러웠다.

"너, 합격하지 않았어? 그렇게 알고 있었는데……."

내 모습을 훑어보면서 조금 미안하고 안타까워하는 모습이었다.

"……."

"그렇구나, 지금… 준비…? 그래, 열심히 해!"

그 형과 헤어지고 너무 비참하고 슬픈 기분이 들었다. 나는 시험에 떨어지고 공부할 시간도 없는 현실인데, 그분은 수의대생이 되어 나와 마주친 것이다. 그분의 합격을 축하해줄 배포는 전혀 없었고 그저 부럽고, 샘이 났다.

이를 악물고 더 열심히 공부했다.

수의사가
되고 싶은
수의사 2

뜨거운 여름과 가을이 지나고 어느새 계절은 겨울로 접어들고 있었다. 그사이 길 위에서 많은 공부를 했고, 동네 은행 옆을 지날 때면 수없이 골목으로 끌려 들어갔다.

수의대에 다니는 성재 형도 한두 번 더 마주쳤다. 착각이었는지 모르겠지만 이대로 시간이 흘러서 시험을 보게 되면 수의대에 합격할 것 같다는 생각이 들었다.

올해는 어떤 실수도 없이 하나하나 차근차근 준비하리라 마음먹었다. 답안지 작성 연습도 게을리하지 않고 있었다. 이런저런 어려움은 많았지만 감사하게도 큰 슬럼프 없이 한 해 공부를 마무리하고 있었다.

드디어 학교별로 입학 전형 요강이 발표되었다. 다행히도 제2타깃 학교의 전형 내용은 큰 변화가 없었다. 예상했던 대로 공인 영어 비중이 다른 학교에 비해 상대적으로 높았다. 이미 받아놓은 토플 점수로 지원한다면 합격 확률이 높을 것 같았다. 이어서 발표된 1타깃 학교의 전형 내용도 작년과 크게 다르지 않았다. 1전형으로 필기 시험을 실시하고, 다른 날에 1차 시험 합격자를 대상으로 면접 시험을 실시하는 방식이었다.

혹시 다른 변수가 있을까 걱정했었는데 전형 내용이 기대했던 대로 발표되어서 행운이 따른다고 생각했다.

그런데 전형 일정을 달력에 옮겨 적다가 큰 충격에 빠졌다. 1타깃 학교의 면접 고사일과 2타깃 학교의 필기 고사 날이 겹친 것이다. 작년에 답안을 밀려 썼던 서울에 있는 수의대에 무조건 간다고 생각하면서 공부했지만, 이미 확보한 영어 점수 반영이 많이 되는 2타깃 학교의 지원도 포기할 수 없었다.

전형 요강이 발표되고 그때까지 없었던 슬럼프가 찾아왔다. 죽으라고 공부만 해도 합격이 될까 말까 할 텐데 공부에 집중하지 못하고 달력만 들여다보게 되었다. 어떤 분은 나에게 1지망 학교의 1차 시험에 합격하고 고민을 하라고 충고해주었다. 하지만 이미 확보한 영어 점수가 있는 학교를 포기하고 불확실성이 큰 면접 시험에 운명을 걸 만한 용기가 없는 쫄보였기 때문에 끝없는 고민의 늪에서 허우적댈 수밖에 없었다. 이대로 시간을 보내면 또 시험에 떨어질 것 같아서 불안한 마음이 생기고, 그 마음 때문에 더 공부를 못하는 악순환이 계속되었다. 불합격을 향해서 한 걸음씩 다가가고 있었던 것이다.

그러다 길에서 성재 형을 다시 만났다.

"야, 한동네 사니까 자주 보네. 공부는 잘돼가?"

"네, 그냥… 그냥 해요."

"난 수의대에 왔어도 아직 뭐가 뭔지 모르겠어. 시간 금방 갈 거야."

성재 형과 헤어지고 기분이 몹시 우울했다. 그 형이 너무 부러웠고 샘을 내는 나 자신이 초라하게 느껴졌다.

그날 밤, 잠자리에서 문득 이런 생각이 들었다. 내가 그 형을 부러워하는 것은 그 형이 수의대에 다닌다는 점 때문이지 학교의 위치나 이름은 전혀 개의치 않고 있다는 것을. 그러니까 내가 이 초라하고 비참한 기분에서 벗어나기 위해서는 어느 도시에 있건 상관없이 수의대에 가야 한다는 결론에 도달했다. 학교가 어디가 되었든 확률이 높은 곳을 선택해야 한다고 생각했다.

다음 날부터 마음이 조금씩 차분해졌다. 가끔씩 작년의 실수와 지난 일 년간의 준비 과정이 떠올라 공부가 안 될 때가 있었지만 마음을 다잡으며 집중하려고 노력했다.

나는 1타깃 학교 즉, 작년에 실수하고 그곳만 가겠다고 준비했던 그 학교에 지원 서류를 접수시키지 않았다. 주변 수험생들은 이

해가 안 가는 선택이라고들 했지만 나로서는 정말 힘든 고민 끝에 내린 간절한 선택이었다. 대신 집에서 가장 가까운 학교를 새로운 1지망 학교로 선택했고, 원래의 2지망 학교에 원서를 접수시켰다. 원서 접수 마지막 날에 뜻 모를 눈물이 눈앞을 가렸지만, 원서 접수 기간이 끝나자 모든 고민이 거짓말처럼 사라졌다. 사라질 수밖에 없었다. 바로 얼마 전까지 폭풍이 휘몰아치던 마음이 잔잔한 호수처럼 차분하게 가라앉았다. 돌이킬 수 없는 걸음을 떼어놓았고 이제는 그 길로 계속 가야만 했다.

새로 1지망으로 설정한 학교의 시험 날이었다. 시험장에 들어가서 문제를 받고 깜짝 놀랐다. 평소 준비하던 시험과 완전히 다른 유형으로, 경험하지 못한 난이도의 문제가 펼쳐져 있었다. 순간 눈앞이 아득하고 벼랑으로 떨어질 것 같았지만 머릿속을 스쳐 지나가는 생각을 움켜 잡고 의지했다.

'분명 다른 학생들도 지금 다 멘붕일 테니까.'

'어쩌면 이 어려운 문제들이 나를 합격시켜줄지도 몰라.'

'당황하지 말고 아는 문제를 놓치지 않도록 최선을 다하자.'

우선 시험 문제를 쭉 한번 훑어보고 아는 문제를 찾아 먼저 풀었다. 그다음에는 완전히 모르는 문제를 제외하고 남는 문제들을 찾아서 지문이나 행간에서 어떤 힌트라도 찾아서 찍더라도(찍는다는 것이 다소 경망스러운 표현이긴 하지만 찍는 건 찍는 것이다.) 그냥 막 찍지 않고 뭐라도 참고해서 찍으려고 안간힘을 썼다. 그리고 나머지 문제는 최대한 그냥 찍지 않으려고 노력했지만 거의 모르고 찍었다는 표현이 맞을 것이다. 아는 문제에서 실수가 없었는지 다시 한번 꼼꼼히 살펴보고 심혈을 기울여 답안지를 작성했다. 일 년간의 답안지 마킹 연습 덕분에 실수는 없었다.

최선을 다해 시험을 치르고 충분히 검토를 했다고 생각했는데, 시험을 마치고 나가 보니 내가 제일 먼저 나가게 되었다.

시험장 앞에는 커피를 타 주면서 응원하던 수의대 선배님들과 기다리던 학부형들이 있었다. 한 학부형이 커피를 건네주면서 "나이도 있는 것 같은데, 좀더 풀지 않고 벌써 나왔어요?"라고 해 우울하고 비참한 기분이었다.

'아, 또 망친 것인가!'

2타깃 학교의 시험 날에는 필기 시험을 무난하게 치르고 면접 고사를 보게 되었다. 내 차례가 되자 면접 담당 교수님께서 몇 가지 질문을 건네셨는데, 크게 막힘 없이 대답을 했다.

"마지막으로 원래 했던 전공이 수의사로 활동하는 데 어떤 도움을 줄 수 있는지를 얘기해보세요."

"네, 수의 관련 법규를 만들거나 개정하는 데 의견을 제시하거나 수의계의 입장을 전달하는 데 도움이 된다고 생각합니다"라고 대답하고는 뭔가 그럴듯하게 대답했다고 속으로 좋아하고 있었다.

그런데 교수님께서 갑자기 "그럼 국회의원을 하겠다는 건가?" 하고 물으셨는데, 지금 생각해보면 수의사 출신 국회의원이 나오는 것이 수의계에 큰 도움이 되기 때문에 '네, 그렇습니다'라고 대답을 했어야 했다. 하지만 당시에는 그렇게 대답하는 것이 수의계를 배신하겠다는 의미라고 생각하고는 고개를 강하게 저으며 대답했다.

"아닙니다."

"그게 국회의원이 되겠다는 얘긴데? 왜 아니야?"

"아, 네. 전 절대 아닙니다."

그 이후로도 내가 계속 단호한 얼굴로 아니라고 도리질을 치자 교수님은 화가 많이 나셨다. 급기야 얼굴이 빨개지시더니 "야, 안 되겠어! 그만하고 좀 쉬어!" 하시며 면접이 중단되고 말았다.

나 때문에 면접이 중단된 것이다. 영혼이 털린 상태로 면접장을 나왔다. 터덜터덜 복도를 걸어 나오는데 면접 교수님과 마주쳤다. 교수님은 다시 인상을 잔뜩 구기시며 "그게 국회의원이 되겠다는 얘기지. 그래야 가능한 거 아니야!"라고 소리치시고는 내 옆을 지나가셨다. 눈물이 찔끔 났다.

수의사가
되고싶은
수의사 3

　술이 거나하게 취한 정욱이가 쩌렁쩌렁 울리는 목소리로 또 그
얘기를 하고 있다.

　"야, 내가 무릎을 딱 꿇고 '우리 소미 좀 살려주라, 시름시름
죽어가고 있다고……' 그러니까 이 자식이 말을 안 해. 우리 애가
죽어가는데. 그래서 내가 다시 사정했지. '야, 내가 다 잘못했다. 내
가 너 구박해서 내가 진짜 미안하다.' 그러니까 애가 그러는 거야.
'지금 당장 데려와라!' 그 말 듣고 내가 우리 소미를 바로 데려갔
지!"

　옆에서 듣고 있던 이건이가 "야, 전화로 말하는데 어떻게 무릎
을 꿇어?"라고 어이없다는 듯이 말했다. "야, 그냥 들어. 애 이 얘기
시작하면 한 시간 채워야 되잖아. 안 그러면 또 막 때리고 그럴 거
야. 그냥 듣자." 다른 친구 윤석이가 과격한 성격의 정욱이가 하는
말을 막은 이건이를 제지한다. 취기가 많이 오른 정욱이는 친구들

의 반응은 신경 쓰지 않고 하던 얘기를 이어갔다.

"암튼 내가 그래서 딱 데려갔더니, 돈이 엄청 많이 든다고 해서 내가 그랬지. 손을 꼭 잡고, 돈은 얼마든지 들어도 되니까 꼭 좀 살려주라. 그랬더니 아, 우리 소미가 바로 살았잖아! 내가 애, 거 뭐냐 그 캐리어 끌고 은행 앞에 지나갈 때, 그때 내가 엄청 뭐라 그랬거든. 당장 때려치우라고 제수씨하고 무종이 고생시키지 말고. 그랬는데… 이 자식이 딱 수의대에 붙어서 수의사가 돼서 죽어가는 우리 소미를, 내가 제발 살려달라고 빌 줄 누가 알았겠어! 내가 그렇게 구박을 했는데, 우리 개를 살려줬어!"

정욱이가 가쁜 숨을 고르는 동안 윤석이가 물어본다.

"야, 그런데 그 병이 너만 고칠 수 있는 거였어?"

"음, 큰 병이긴 하지만 그냥 혈액검사하면 다들 찾아낼 수 있는 병이었어. 부신피질기능저하증이라고 치료라기보다 관리를 하고 있지. 내 생각에는 정욱이가 우리 병원 매출 올려주려고 일부러 온 것 같은데."

"야, 근데 김 원장, 우리 소미 꼭 3주마다 가야 되냐? 6주에 한 번 가면, 안 되는 거냐? 응? 안 되는 거냐? 야, 대답을 해라! 확 그냥! 암튼! 얘가 말이야. 내가 저기 은행 다닐 때… 가방 끌고……"

"야, 방정욱, 그만 해! 오늘은 이 얘기 그만! 그리고 정욱아, 김 원장 아들 이름은 무종이가 아니라니까."

같은 얘기가 또 반복되기 시작하자 듣다 못한 동훈이가 짜증을 냈다.

나는 수의대에 합격했고, 수의사가 되었다. 나를 은행 옆 골목으로 끌고 들어가서 밥을 사주던 친구의 강아지가 우리 병원에서 치료를 받았는데, 이 친구들은 만날 때마다 지난날을 함께 되새기며 내가 수의대에 가고, 그 친구의 강아지를 치료한 일을 무용담처럼 말하며 함께 즐겁게 웃고 떠든다.

많은 시간이 흘렀고 많은 일들이 있었다. 빛나는 승리의 순간도 있었지만 아쉽게도 좌절한 순간이 더 많았다. 시간이 지나면 자연히 채워질 줄 알았던 수의학적 지식은 지금도 턱없이 부족하고 도움이 필요한 동물을 도와줄 능력도 쌓이지 않았다. 아직도 수의학의 기본적인 내용을 익히느라 전전긍긍하고, 가뭄에 콩 나듯 딱한 처지에 있는 동물 환자를 치료해주고는 있지만 한 마리를 치료해주는 이면에는 비슷한 처지에 있는 999마리를 외면하고 거절하는 안타깝고 부끄러운 현실이 숨어 있다.

이런저런 현실의 문제들 때문에 좌절하고 힘들어하는 날이 계속되기도 하지만 부족한 나를 믿고 의지하며 병원을 찾아주는 보호자들의 신뢰와 귀여운 동물 환자들이 큰 힘이 되어주고 있다.

그리고 나에게는 결코 잊을 수 없는 여러 기억들이 있다.

답안지를 밀려 쓰고 책상에 엎드려 흐느껴 울던 기억, 학교 병원 앞에서 강아지가 들어 있는 상자를 안고 고통스러워하던 기억,

탈출한 실험견을 되돌려준 죄스러움, 학교 실험 동물들에게 〈거위의 꿈〉을 들려줄 때의 안타까움……. 이런 기억들 덕분에 아직 난 지치지 않았고, 지금 내가 하는 일이 지겹다고 생각하지 않고 해내고 있는 것이다.

할 일도 많고 볼 책도 많아서 언제나 허덕이는 일상이지만, 수의사가 된 지금도 나는 간절히 수의사가 되고 싶다. 소중한 것들을 간직하고 부족한 것들을 채우려 노력하는 그런 수의사가 되기를 여전히 바라고 있다.

♥

"너, 이거 봐라. 여기서 뭐 해?"

스타벅스에 앉아서 글을 정리하고 있는데 성재 형을 만났다.

"뭐야, 뭘 하길래 가리는 거야?"

"저, 아니에요. 제가 뭐 좀 적느라구요."

"너 뭐 블로그 하냐?"

"아니요, 아니에요."

"그나저나 너 그거 생각해봤어? 전에 내가 얘기한 거?"

"아, 전 아무래도 안 될 거 같아요. 제가 실력도 안 되고, 형한테 폐만 끼칠 거예요. 그리고 제가 성격이 안 좋아서……."

"야, 그러지 말고 나하고 병원 같이 하자니까. 거참, 되게 빼네.

암튼 방해되는 거 같으니까 난 간다."

"예, 안녕히 가세요!"

성재 형의 멀어지는 뒷모습을 보면서 지난 일들이 떠올랐다.

이 형은 알까? 내가 자기 덕분에 수의사가 된 것을. 자기에 대한 부러움과 질투가 내게 큰 도움과 힘이 되었다는 것을.

세월이 지났고 같은 수의대 출신인 그 형은 볼 때마다 내게 동업을 제안하신다. 이런 날이 왔다니 꿈만 같다.